ダッシュエックス文庫

JN211404

笑顔で魔力チャージ
～無限の魔力で異世界再生

三木なずな

CONTENTS

PROLOGUE プロローグ

召喚

SUMMONS

気がついたら雲の上にいた。

おれがいるところだけが白くてふかふかした雲で、まわりは黒く、雷がごろごろ鳴ってる雷雲だ。

それ以外なにもない空き地のような雲。

そこに、おれともう一人の男がいた。

「なんだここは！」

おれより遅く目が覚めた男はいきなりわめきだした。

まわりを見回して、おれのことを見つけて、こっちに向かって怒鳴ってきた。

「おいお前、ここはどこだ！　おれをどうするつもりだ」

「知らん、おれも気づいたらここにいたんだ」

「ああん？」

男はおれをジロジロ見た、まるで品定めするかのように。

しばらくし、見下すような顔をして言った。

「は、それもそうか。その間抜け面《づら》でこんなことが出来るとは思えん」

さんざんな言われようだった。

おれは男をまじまじと見た。

顔は整ってる、イケメンって言ってもいい。だけどわめき散らしたり人を見下すような表情をしたりと、正直残念な感じ——小物感がする。

『二人とも目が覚めましたね』

急に女の声が聞こえた。

どこからともなく聞こえてくる声に、おれと男はまわりを見回して声の主《ぬし》を探す。

しかし誰もいなかった。雲の上はおれと男の二人っきりだ。

『秋人《あきと》、そして聖夜《せいや》』

秋人というのはおれの名前だ。ってことはこの男が聖夜か。

「お前はだれだ！」

『わたしはイリヤ、この世界の女神です』

「女神だと？　ふざけんな姿を見せろ」

聖夜が吠《ほ》えた、さっきから見えない自称女神に向かって吠え続けた。

「……その女神がおれたちになんの用だ？」

聖夜に睨《にら》まれた、無視した。

わめくよりも、話をして現状を知りたい。

『あなたたちを召喚しました。この世界を再生するため、あなたたちがいた世界から召喚したのです』

『あなたたちを召喚したのは他でもない、この世界を再生してほしいので』

「召喚？　再生？」

『ご覧なさい』

イリヤが言った次の瞬間、足元の雲が一部透明になって下が見えるようになった。

地面が遠い、ものすごく高い。

タワーの展望台にある透明のガラスの上に立ってるみたいで、キンタマが縮み上がった。

そこから見える景色は……一面の荒野。

荒れ果てた大地そのものだ。

「なんだここは！」

聖夜が更にわめく。

『ここはラスカースという世界。邪神に滅ぼされかけた世界』

「なに言ってんのかわからねえよ、いいから出てこい！」

「……剣と魔法のある世界、なのか？」

「はあ？　お前なに言ってんだ？　マンガとリアルの区別もつかないのか――」

『その通りです。ここはあなたたちがいた世界とは違う、剣と魔法の異世界』

……。

『かつてこの世界は豊かで、幸せと笑顔に満ちた世界でした。しかし邪神によって滅ぼされかけたのです』

「……」

『そこでわたしはあなたたちの世界から勇者を召喚しました。勇者は見事邪神を討ち滅ぼしてくれましたが、攻撃しか知らない男で、人間を一切守ってくれませんでした。そのため邪神を打ち倒せたのですが、世界はご覧の有様になってしまいました』

「で、おれたちに何をしろと」

「なに普通に会話してるんだお前は！」

　更に吠え続ける聖夜。当然無視。

『この世界を再生してほしいのです』

「何をどうやって？」

『今からあなたたちに魔法を授けます。様々な材料から、様々なものを作り出す魔法です。材料と魔力次第で、紙飛行機からきらびやかなお城まで、なんでも作り出すことができる魔法です』

「その魔法で世界を再生しろ、ってことか」

『はい』

　イリヤの声がちょっと優しくなった。

「はっ、ばかばかしい。そんな戯言《たわごと》に付き合ってられるか。だいたい今までの話が本当だったとしてもおれたちになんのメリットがある」

『作ったものはあなたたちの好きにしてください』

「好きに？」

『はい。ものを作り、町を作り、国を作る。作りあげたものはあなたたちの好きにしてください。それがこの世界が提示することができる、最後のメリットです』

「国？　なんだ、国を作って王になっていいってことか」

ここに来てはじめて、聖夜がわめき声じゃない口調で喋《しゃべ》った。

国と王、それに食いついたみたいだ。

『はい』

「それならやってやってもいいかな」

『秋人はどうですか？』

「ダメだと言ったら？」

聞き返した、受けてもいいけど、断ったときのことも知っておきたい。

『別の者を召喚するため、あなたたちを元の世界に送り返すだけです。しかし送り返した時点で、おそらくあなたたちは死ぬでしょう』

「なんで？」

『あなたたちはこの世界に召喚される直前にトラックにひかれました。元の世界――元の場所に戻った時点で即死でしょう』

「――あ！　そういえばおれトラックにひかれてる！」

大声を出す聖夜。今になって思い出したみたいだ。

「選択肢なんてないってことか」

『……』

女神は答えなかった。そういうことなんだろう。

「おれはやるぜ、町を作って王になっていいんだろ」

「わかった、やろう」

『では、あなたたちに魔法と、その魔法を使うための道具を二つ授けます。まずはこれを』

イリヤが言った直後、おれの手が光った。

光が集束して、一枚のカードになった。

電車に乗る時に使うＩＣカードと似てる。

「これは？」

『ＤＯＲＥＣＡ《ドレカ》というものです、魔法を使うときはそれを持って、メニューオープンと唱えてください』

ＤＯＲＥＣＡ……名前までそれっぽいな。

「もう一つの道具はなんだ」

聖夜が質問した。

『こちらです』

今度は何もないところが光った。

ぱっと光って、光が集束した。

そこに二人の女が現れた。

どっちも金色のロングヘアーの美女で、耳が尖《とが》っている。

エルフ、という名前がおれの頭の中に浮かんだが、どういうわけか二人ともねずみ色の粗末な服を着ている。

二人とも弱気な顔で、チラチラとおれと聖夜の顔色をうかがってる。

「彼女たちは？」

『この世界の生き物で、エターナルスレイブと呼ばれる種族です』

「エターナルスレイブ」

『はい、奴隷として生まれ、死んでいく種族です。聖夜はどちらを選びますか』

「おれか？　じゃあこいつだ！」

聖夜は左の女を選んだ。女はびくっとなった。

『では、これが今からあなたの奴隷になります。あなたは最初の奴隷を持ちました、この奴隷をどう扱いますか』

最初の、って言葉に引っかかりを覚えた。

「奴隷か、何をしてもいいのか？」

『あなたの奴隷です』

「よし、だったら靴を舐《な》めろ」

聖夜はいきなりハードな命令をした。

女は悲しそうな顔で跪《ひざまず》き、言われた通り聖夜の靴を舐めた。

涙を流しながら靴を舐める、それをさせた聖夜は満足げだ。

直後、聖夜のＤＯＲＥＣＡが光った。

「おっ？　ほうほう、魔力100がチャージされたか」

「なんだそれは？」

おれは聞いた、聖夜は得意げな顔で答えた。

「頭の中に浮かんできた。魔力を100チャージしました。だと」

「頭の中か」

『奴隷に何かをするとそれに合わせた魔力がDORECAにたまります。それを使ってものを作って、地上を再生してください』

「くくく、奴隷か……くくく」

いやな笑い方をする聖夜。

最初はわめいてたけど、奴隷を手に入れてからはこういう笑顔をするようになった。

『では、あなたを最初の場所に送ります』

イリヤがそう言うと、聖夜とその奴隷の体が光に包まれ、雲の上からいなくなった。

『次はあなたです、あなたは自分の奴隷をどうしますか？』

イリヤが聞いてきて、おれは残ったもう一人の女を見た。

ぱっと見てエルフっぽい女、エターナルスレイブと呼ばれる種族。

聖夜の奴隷とは違って、健気《けなげ》な表情をしてる。

命令を全て受け入れる、そんな顔だ。

「じゃあ、笑って」

「え？」

女が驚く。

「わら……って？」

「ああ、笑ってくれ」

「その……笑うって、あの笑うですか。にこっとか、にやっとか、そういう……」

「にやっはいらないな。にこっと笑えばいい」

「ど、どうして」

「……」

おれは答えなかった。ちょっと恥ずかしいから。

ネット小説を中心にいろんな物語の中に出てくる奴隷を見てきた。

主《あるじ》の命令に忠実に従う奴隷は、この世で一番健気な生き物だと思う。

その健気な生き物を、聖夜のようにひどく扱うことをおれは出来ない。

奴隷は愛《め》でるべき、と思うのだ。

『いいのですか？　奴隷ですよ』

イリヤが聞いてきた。

「ああ」

おれは即答した、迷いなく即答した。

『……』

「これから仲良くやろう」

そう言って、手を出して握手を求めた。

女は戸惑《とまど》いつつも、手を握り返してくれた。

「よ、よろしく」

「おれの名前は秋人《あきと》、季節の秋に人で秋人。お前は？」

「リ、リーシャっていいます」

「リーシャか。よろしくな」

「――はい」

微笑みかけると、リーシャははにかんだ様子で微笑み返してくれた。

うん、やっぱり奴隷は愛でたほうがいい。たとえそれが奴隷の扱いとして邪道だとしても。

そうおれが思った直後。頭の中で声がした。


――魔力が10000チャージされました。

chapter ONE 第一章

ノーマルカード

NORMAL CARD

第01話　無限の力

「10000だって？」
脳内に聞こえた声、DORECA《ドレカ》にチャージされたのは10000という数字だった。
確か、聖夜《せいや》は100チャージって言ってたっけ。
何もしてないのに、100倍の魔力が入った。
これは……どういうことだ？
『最初の魔力をチャージできましたね』
「あ、ああ」
『このように、あなたが奴隷にしたことで相応の魔力がチャージされます』
イリヤはおれの疑問に反応することなく、事務的な説明をした。
いや、何もしてないんだけど？　強《し》いて言えば握手しただけなんだけど？
それを聞こうとしたけど、イリヤは無視して話を進めた。
『どうか、この世界を再生してください』
直後、おれとリーシャの体が光に包まれた。

目の前が光る、まぶしくて目を開けてられない。

『どうか……』

イリヤの声が遠くなる。

しばらくして光が収まった。

目を開ける。そこは雲の上じゃなくて荒野だった。

何もない、見渡す限りの荒野。

おれの横でリーシャが不安そうな顔できょろきょろしてた。

「もう放り出されたのか。いや、さっきの聖夜と同じ流れだけど」

そういえばとまわりを見た、聖夜とその奴隷はいない。

足跡とかそういう痕跡もない、多分違うところに飛ばされたんだろうな。

「ご主人様」

声を上げるリーシャ、彼女はおれを見つめながら反対側を指でさした。

指がさす方向を見た。そこに一軒の家っぽいものがあった。

草でできた円錐《えんすい》のような家だ。

まわりは何もなくて、家はその一軒だけ。

「家っぽいな」

「はい」

「ってことは人が住んでるのかな。行ってみるか」

「はい」

おれとリーシャが並んでその家に向かっていく。

奴隷だからか、リーシャはおれの一歩後ろを歩いてる。

家の前に立って、呼びかけた。

「ごめんくださーい、誰かいませんか？」

「だれだ……？」

返事が聞こえた。かなり弱々しい声だ。

「ごほっ、ごほっ。ごめん、今起き上がれないんだ……」

おれとリーシャは視線を見交わして、中に入った。

がらんとした部屋の中で、男が一人寝そべっていた。

男は肘《ひじ》をついて起き上がって、おれたちを見た。

「人間……？　それにエターナルスレイブか。久しぶりに見たな……」

男はそう言って、更に咳《せき》をした。

見てるだけでもつらそうな咳だ。

「なんか病気なのか？」

「ああ、ちょっと前から――ごほっ！　ごほっ！」

「医者には診《み》せたのか？」

「医者？」

男は力なく笑う。

「そんなもの、滅びかけたこの世界に存在するものか」

「むっ……」

男は肩をすくめて、物事をあきらめたような力のない笑顔を浮かべる。

見ててつらい。

「ごほっ！　ごほっごほっ！」

男はまたも咳をした。さっき以上の盛大な咳をして、そのまま気を失って、後ろ向きに倒れてしまった。

見た感じかなり重病っぽいな。

なんとかしてやりたいけど、医者じゃないしな、おれ。

そんなおれにリーシャがおずおず言ってきた。

「あの……ご主人様。薬を作って差し上げればいいのではありませんか？」

「薬？」

「はい、ご主人様はものを作れますから……」

「ああ、これか」

言われて、おれはＤＯＲＥＣＡのことを思い出した。

取り出して、それをまじまじ見つめる。

確かこれでものを作れるって話だっけ。

「メニューオープン」

イリヤの言ってたことを思い出して、呪文らしきものを唱えた。

すると目の前に文字が広がった。

まるでパソコンのようなウインドウの中に、文字がずらっと並んでる。

アキト
種別：ノーマルカード
魔力値：10000
アイテム作成数：0
奴隷数：1

なんだかステータスっぽいものが並んでいる。

そしてその下にずらっと固有名詞の羅列が続いている。

その中に「万能薬　300」というのを見つけた。

「この万能薬ってのでいいのかな……やってみよう」

試しに触ってみた。

触った指先が光った。

「それで地面を触ってみてください」

リーシャが言った、言われた通り地面を触った。

触ったところに光が乗り移った。光は広がって、魔法陣になった。

魔法陣から同じ色の光の矢印が出て、明後日《あさって》の方向をさしていた。

そして魔力は３００減って、９７００になった。

「そこに必要な素材を入れれば道具が完成します」

「その素材はなんだ――ああ、ここに書いてあるか」

開いたメニューの中にそれがあった。直前に触った万能薬からポップアップが出てきて、

「アブノイ草×５」って表示された。

「このアブノイ草ってのを五個使えばいいんだな？　……ああ、この矢印はもしかして素材がある方向をさしてるのか」

「はい」

「よし、じゃあ取りに行こうか」

家を出て矢印がさしていた方向に向かって歩いていく。

１００メートルくらい歩くと、地面が光ってるのが見えた。

荒野の中で、珍しく草が生えているところ。その草が光っている。

魔法陣と同じ色の光だ。

「これか」

「多分そうです」

「じゃあ取っていこう。五個だったな」

結構長い草を必要な数の分むしって、それを持って男の家に戻る。

家の中で光っている魔法陣の中にアブノイ草を入れた。

魔法陣の光がパアって光って、草を包み込む。

直後、草が瓶《びん》になった。液体の入った、ガラスの小瓶。

「これが万能薬か。……とりあえず飲ませてみるか」

気を失ってる男の口を開けて、万能薬を流し込む。

しばらく待つと、男が目覚めた。

「ああすまん、また気を失ってたみたいだ」

「それはいいけど、体の調子はどうなんだ？」

「調子？　むっ」

男は自分の手を見て、にぎにぎした。

「これは……治ってる？」

男は立ち上がって、手足を振り回した。

「治ってる、治ってるぞ！　あれだけしんどかったのが嘘のようになくなってるぞ」

「よかったな」

「これはいったいどういうことなんだ？」

「薬を作って飲ませた」

「薬？　あんた医者なのか？」

「違う──いろんなものを魔法で作れるだけだ」

今のことでちょっとだけ自信を持てたおれはそう答えた。

男が驚く。

「魔法で？　ものを？」

「ああ」

「……なんだかわからないけど、とにかくありがとう！」

「ああ」

「おれの名前はマドウェイ、あんたは」

「アキトだ」

「そうか。ありがとうアキト！　本当にありがとう！」

マドウェイに思いっきり感謝された。

感謝か。

おれは後ろにいるリーシャの方を向いた。

「ありがとうリーシャ」

「えっ？」

「お前のアドバイスのおかげだ」

「そんな……わたしは奴隷として当たり前のことをしただけです」

「それでもありがとう。お前がいてくれてよかった」

「ご主人様……」

リーシャははにかみ、微笑んだ。


――魔力が３０００チャージされました。


リーシャが微笑んだ後、また脳内に声が聞こえた。今度は３０００がチャージされて１２７００になった。

数字はともかく、最初のチャージと似たような展開だ。

もしかして……リーシャの笑顔でチャージされたのか？

第02話　家を建てよう

マドウェイの家を出て、リーシャと向き合ってメニューウインドウを開く。

ウインドウの下にある作れるもののリストを見る。

その中で一つ引っかかるものがあった。

さっきまで確実になかったものだ。

「木の家、か」

「家ですか？」

「ああ、家だ。……これを作るか、何をするにしても、まずは住むところがないと始まらないしな」

「はい！」

大きく頷《うなず》くリーシャ。

一応、リストを全部確認した。家ってつくのはこの「木の家」だけみたいだ。

それに触って、マドウェイの家から離れたところの地面に触る。

万能薬の時と同じように魔法陣が出て、矢印が三つ飛び出した。

魔力は２５００消費された。

魔法陣をいったん放置して、必要な素材を確認する。

木の家。アブノイ草×50。木片×３００。ブッシノ石×10。

「アブノイ草って……さっき万能薬を作ったときに使ったヤツか。……ああ、一度使った素材に関《かか》わりのあるヤツが解禁される仕組みかな？」

なんとなくそう思った。

ゲームによくある仕組みだから、ぱっとそれを連想した。

おれはちょっと考えて、更に魔力を２５００払って、木の家の魔法陣をもう一個作った。

横並びの二つの魔法陣を見て、リーシャに言う。

「手分けしよう。リーシャはさっきのアブノイ草を１００個集めてきて。片方50ずつ」

「わかりました」

頷くリーシャ、矢印の一本に沿って、さっきの場所に向かっていく。

おれは反対方向をさしてる矢印の方に行った。

ちょっと歩くと、そこに廃材の山があった。

木材が山ほど積み上げられてるところで、その木材が光っている。

それを持って、魔法陣のところに戻って、その中に置く。

木材は魔法陣の中に吸い込まれる。木材をさしてた矢印の光が弱まる。

もう一回運んでくる、入れると、更に光が弱まる。

三回目、並べた木材が余った、一本だけ吸い込まれず魔法陣の上に残った。

そして矢印が消える。

「足りたってことか」

多分そうだろうな。

余った分の木材をもう片方の魔法陣に投入、そして更に木材を運んでくる。

同じように二往復して、木材が全部足りた。

その間、リーシャが集めてるアブノイ草も片方は足りたけど。

「あれ？　矢印のさす方向が変わってないか？」

「はい、さっきのところは全部取り尽くして、大分離れたところにまたあって、そこをさしてます」

「なるほど、一番近くにあるところをさしてるのか」

「そうだと思います」

「そうか、遠いらしいけど、頼むぞ」

「はい！」

リーシャは更にアブノイ草を取りに行った。

おれは残ったもう一つの素材、ブシノ石を取りに行く。

矢印がさす方に向かって歩いていく。

すると、崖にやってきた。

「こっちで合ってるよな」

まわりをきょろきょろ見回す、ついでに崖の下を覗《のぞ》き込む。

「あんなところに」

二メートルくらい下にある出っ張りが光っていた。

いくつかの石があって、それが光ってる。

あれがブシノ石か……難しいな。

ぶっちゃけ……ちょっと怖い。

崖だから、キンタマがヒュンって縮み上がる。

まわりをもう一回見る。ここ以外に石は——光ってるところはない。

「しかたない、やるか」

そう言って、出っ張りに降りようとした。

慎重に、慎重にゆっくり降りる。

「ふう……」

何とか出っ張りに降り立った。

たしか一〇個必要だったっけ。それが二つだから、二〇個か。

石を拾って、崖の上に投げた。

きっちり二〇個投げた後、崖の上に登った。

「ふぅ……」

疲れた。特に何かあったわけじゃないけど、とにかく精神的に疲れた。

石を拾って、元の場所に戻る。

リーシャがもう戻ってきていた。アブノイ草の矢印が消えてるから、そっちは揃《そろ》ったみたいだ。

「ご主人様、大丈夫ですか？　なんか顔色悪いですけど……それに汗がびっしょり」

「大丈夫、ちょっと疲れただけだ」

「そうですか」

リーシャはほっとした。

そんな彼女を置いて、ブシノ石を魔法陣に入れる。

片方に10個ずつ。

すると矢印が消えて、魔法陣が光りだした。

万能薬が出来るときの現象と一緒だ。

そして、家ができた。

広さそこそこ、一人が暮らす程度の大きさの木の家ができた。

コテージみたいな家だ。

「あの程度の素材でこんなのができるのか」

なんとなくつぶやいた。質量保存の法則もあったもんじゃないけど、魔力を２５００と結構使ってるから、それが大きいんだろう。

家に入ってみる、中は結構ちゃんとしてる。

普通に住むにはこれで充分って感じだ。もちろん家具とかいろいろ必要だけど。

おれは外に出て、リーシャに言った。

「リーシャはどっちがいい？」

「え？」

「どっちの家がいい？　同じだろうけど、好きなの選んでいいぞ」

「わ、わたしにですか？　マドウェイさんのために作ったのじゃないんですか」

「うん？　ああ、そういえばそうだけど、あっちはそのうち作ろう。こっちはお前のだ」

「ご主人様……ありがとうございます」

リーシャが涙を流した。

話の流れ的に、あきらかに嬉《うれ》し涙だ。

涙がポトッと地面に落ちた瞬間。


――魔力が20000チャージされました。

第03話　少なめのチャージ

木の家で一晩過ごして、朝起きたら体の節々《ふしぶし》が痛かった。

昨日は素材集めで疲れたからさっさと寝たけど、布団とかそういうのを作ってから寝た方が良かったたって後悔した。

今日はベッド、最低でも敷き布団みたいなのを作りたいと思った。

自分の家を出て、横にあるリーシャの家の前に立った。

ノックをする、だけど反応がない。

「リーシャ？」

声に出して呼んでみる、やっぱり反応がない。

どうしたんだろ。

「入るぞ」

一言断ってから、ドアを押して中に入った。

おれと同じように、床で寝ているリーシャの姿が見えた。

どういうわけか、リーシャは苦しそう。

「おいどうした」

「あ……ごじゅじんざま……」

おれに気づいて顔を上げるリーシャ。

まるっきり鼻声だ。

「ごべんだざい……いまおぎまず――」

「いい、いい。そのまま寝てろ」

起き上がろうとするリーシャの肩を押した。

床に押し戻したけど、彼女はその反動で咳《せき》をした。

鼻声で咳――風邪か。

「ごべんだざい……おでづだい……」

「いいから寝てろ」

リーシャを置いて家の外に出た。

「メニューオープン」

メニューを開いて、３００魔力を払って地面に魔法陣を作った。

効くかどうかわからないけど、万能薬の魔法陣だ。

矢印の方向に沿って、アブノイ草を五個集めた。

木の家を作るときに取り過ぎたのか、一〇分くらい歩いてようやく見つけた。

戻ってきて、万能薬を完成させて、リーシャの家に入る。

「ほら、飲んでみろ」

「はい……」

しゃがれた声で頷《うなず》き、万能薬を飲んだ。

ごくごくと喉《のど》が上下する。

「ふう……」

次の瞬間リーシャの声が元に戻った。

ばっちり薬が効いたみたいだ。

「ありがとうございます、ご主人様」

「薬が効いたんだな？　どこか具合悪いところは？」

「ありません。ご主人様のおかげですっかり良くなりました」

「そうか、ならいい」

元気になったリーシャと一緒に家の外に出た。

「今日はどうしますか、ご主人様」

「そうだな……」

メニューを開いて、じっと見つめて、考えた。

ざっと見た感じ、メニューにベッドとか布団といった寝具になりそうなものはない。

昨日のことを思い出す、たしか木の家も最初はなくて、万能薬で使ったアブノイ草を手に入れたから解禁されたんだっけ。

とりあえずいろいろ集めたらいろいろ解禁されるかな。

「よし、素材を集めよう」

「何を集めるんですか？」

「いろいろだ、とにかく集めてから考える。手分けして、何でもいいからめぼしいものがあったら拾ってくるんだ」

「わかりました」

「おれも手伝うよ」

草の家からマドウェイが出てきた。

「そっちは体大丈夫なのか」

「ああ、まったく問題ない」

「そうか、じゃあ頼む」

こうして、三人で手分けして素材を集めた。

あっちこっちを回って、落ちてるもの、生えてるもの、めぼしいものを片っ端《ぱし》から拾って、おれの家の前にある開けたスペースに持ってきた。

まわりは荒野、たいしたものはなかなかないけど、とにかく片っ端から集めてきた。

朝から始まって、午後くらいになると素材が小山くらいになった。

リーシャと二人で素材の山の前に立って、メニューを確認した。

「何か増えましたか？」

「いろいろ増えたぞ。お、鉄の剣が作れる」

作成リストの中に鉄の剣っていうのを見つけた。

ワクワクする名前だ。早速作ってみようと1000の魔力を払って魔法陣を作った。

魔法陣の矢印は素材の山をさした。

「鉄鉱石×20らしい。石っぽいのだ」

「この光ってる石ですね」

「それだ」

リーシャが石を次々に魔法陣に投げ込む。きっちり二〇個、ぱっと見なんの変哲もない鉄鉱石が魔法陣に吸い込まれた。

それが鉄の剣になった。

持ち上げて、鞘《さや》から抜いて、ビュンビュン振ってみた。

鉄の重みが頼もしかった。

ここは召喚された異世界、邪神とかがいた世界だ。

この先何があるかわからないから、武器はあった方がいい。

そしてリストを確認する。

「まだベッドや布団はないな」

「じゃあまた集めてきますね」

サッと走り出すリーシャ。

「また集めてないものをな」

リーシャの背中に向かって呼びかけた。リーシャは立ち止まって頷いてから、改めて走り去っていった。

そして更にいろいろ集める。

夕方くらいになると、家の前にますますものが増えて――ちょっとしたゴミ置き場みたいになってきた。

それで作れるものが増えたから、全部何かしらの素材だ。

それをこのままゴミみたいにするのもなんだから、整理しようと思った。

５０００の魔力を払って、木の家を作ろうとした。

アブノイ草１００、木材６００、ブシノ石20。

木の家二つ分の素材一式が小山の中から全部集まった。

すぐに木の家が作れた。

一つはマドウェイの家に、もう一つは倉庫にしよう。

おれは素材を倉庫の中に運び込んでいく。

そうしているうちにリーシャが戻ってきた。

「また家を作ったんですねご主人様」

「ああ。集めたものはこの中に置いてくれ」

「はい！」

「で、それは？」

「はい！　なんかの鳥の羽根です」

「羽根……羽毛か、もしや」

はっとしたおれはメニューを開いた。

だいぶ増えてきた作成リストを注意深く見ていき。

「あった！」

「ありましたか？」

「ああ」

作成リストの中に羽毛布団があった。

その魔法陣を早速三つ分地面に張った。

一つあたり７００の魔力、三つで２１００だ。

そして一つにつき「ペロの毛」っていうのが25必要だ。

リーシャが持ってきたのを投入――布団が一つできた。

残りの二つは更に集めないといけない。

とりあえずリーシャに言った。

「リーシャ、これをお前の家に運んどけ」

「……」

「どうした」

リーシャが浮かない顔をした。

「いえ、何でもありません」

そう言って、リーシャは気を取り直して布団を――おれの家に運んだ。

「おいリーシャ、なんでこっちに運んだんだ、お前の家に運べって言ったはずだぞ?」

「ごめんなさい、でもご主人様が先だと思いますから」

「そうか」

「はい」

頷くリーシャ。

しーん、と沈黙が流れる。

ちょっと期待外れだ。

ぶっちゃけ、今ので魔力チャージを期待した。先にできたのをリーシャにあげて、それで喜んでもらって魔力をゲットしようと思ったのだ。

さすがに狙《ねら》いすぎたか。

まあいい。

「リーシャ、残った布団二つはお前に任《まか》せる」

「はい」

「二つ目はお前のだぞ」

「わかりました」

リーシャが駆けていった。

やっぱり魔力はチャージされない。

おれもその場から離れた。

日が暮れるまで、もうちょっと素材を集めようと思った。

歩いてるうちに、はじめてモンスターに遭遇した。

ぱっと見ウサギだけど、普通のウサギの倍の大きさで、目つきが悪くて獰猛《どうもう》そうに牙《きば》を剝《む》き出しにしている。

これも何かの素材になるんだろうか。

……なるな。

なんとなく確信したおれ。

こういう場合、モンスターからも素材がゲットできることが多い。

なら、やるべきだ。

今日作ったばかりの鉄の剣を抜いて、ウサギに斬《き》りかかった。

はじめてモンスターと戦ったが、ウサギはたいしたことがなくて、何とか勝つことができた。

ウサギの死体を持ち帰った。

家の前ではリーシャが布団をマドウェイの家に運ぼうとしているところだ。

魔法陣がなくなってる。二つとも完成して、二つ目をマドウェイの家に運んでいるところだった。

「お帰りなさいご主人様！　それは？」

「倒してきた、なんかの素材になるかなって」

「モンスターを……」

リーシャは尊敬の目でおれを見た。モンスターを倒せたのがすごいってことなのかな？

それは後で聞いてみようと、おれはメニューを開く。

増えたものがないかと念入りにチェックして。

「一つだけ増えてるな。数も１で作れるのか」

「作りますか？」

「作ろう」

それに触れて、魔法陣にして、ウサギの死体を投入。

魔法陣が完成品に変わる。魔力９５０の「毛皮のドレス」だ。

できあがったのは白い、女物のドレスだ。

「ドレスだな」

「そうですね」

「女物だな」

「はい」

「じゃあお前のものだな」

「えっ」

驚くリーシャ。

「だって今、女はお前しかいないだろ？」

「そ、そうですね……」

毛皮のドレスをリーシャに押しつけた。

リーシャは困った顔をした。しかしまんざらでもなかったようだ。

ちょっとの間迷って、リーシャは。

「ありがとうございます、ご主人様」

と言った。


——魔力が1000チャージされました。

比較的微妙な結果だけど、悪くはないと思った。

第04話　衣食住を確保する

夜、おれとリーシャ、マドウェイの三人が木の家の前にある開けたスペースに集まった。

夜ご飯の時間だ。

マドウェイがたき火をおこして、鍋でスープを作ってくれた。

根菜とちょっとだけの肉を煮た簡単なスープ。味はともかく、疲れ切った体にありがたい。

「具材が少なくてすまない。蓄《たくわ》えが底をつきそうなんでな」

マドウェイは申し訳なさそうに言った。

「いきなり三人分だからな、しかたないさ。それよりも食べ物もなんとかしなきゃな」

そう言って倉庫を見る。

中に様々な素材が詰め込まれてるけど、食料になりそうなものはほとんどない。

「メニューオープン」

アキト

種別：ノーマルカード
魔力値：２１９００
アイテム作成数：９
奴隷数：１

これまでアイテムを九個作ってきた。

木の家が四、布団が三、鉄の剣とドレスが一つずつ。

衣食住のうち、衣と住は確保した、次は食をなんとかする番だ。

「そういえば今まで食べ物はどうしてきたんだ？」

作成可能リストを眺めつつ、マドウェイに聞く。

「木の実を拾ったり、小さい獣《けもの》を狩ったり。あっちに少し行ったところに小川があるから、魚も捕ったりしてな」

「なるほど。川があるんなら水もそこか」

「いや、水は別だ。あっちの方にわき水がある。川の水は前に飲んだけど腹を下した。沸騰《ふっとう》させても同じだったから、あの川の水は飲めない水だと思ってる」

「そうか」

おれは頷《うなず》いた。

なんというか、大変だと思った。

平然とマドウェイは説明したけど、それってかなり苦しい生活だよな。

この滅びかけてるっていう世界じゃ苦しくてしょうがない。

ますます、食べ物をなんとかしないとって思った。

メニューを食い入るようにじっと見つめる。

わき水（小）、というのを見つけた。

だいぶ最初の頃からリストにあったものだけど、話の流れで注目した。

作ってみるか――と思ってさわると、ビックリした。

なんと、そのわき水の必要魔力が２０００だった。

今までで最大級に必要な消費魔力。木の家の八倍、万能薬に至っては六十六倍だ。

いったいどんなわき水なんだ？

ますます気になったから、作ってみようと思った。

たき火から少し離れたところに魔法陣を作る。光の魔法陣から出てきた矢印は四本、三本が倉庫の中、一本がマドウェイの家をさしてる。

リーシャは早速立ち上がって、スープの器《うつわ》を地面に置いて、倉庫の中から素材を運んできた。

おれはマドウェイと一緒に彼の家に入った。

部屋の隅っこに光ってる水がめを見つける。

「あれは？」

「さっき言った飲み水だ」

「もらっていいか」

「もちろんだ」

マドウェイは水がめを運び出して、魔法陣の中に水を注いだ。

素材が全部揃《そろ》って、魔法陣がわき水になった。

手水場《ちょうずば》みたいなのが出来て、ちょろちょろと水が流れ出す。

水が溜《た》まってもまだ出てくる、あっという間に最初に入れた水よりも量が多くなった。

「これって、ずっと出るものなのか」

「わからない——けどそうだと思う」

根拠は魔力20000だ。

大量の魔力を消費して、なんでもない素材で作ったわき水（小）。

破壊されない限りずっとわき出る、とおれは推測した。

「飲めるのかな、これ」

「試します」

リーシャが言って、手で水を掬《すく》って飲んだ。

口の中に溜めて、ごくりと飲みくだす。

「どうだ？」

「……大丈夫だと思います。無味無臭《むしゅう》の普通の水みたいです」

「なるほど」

おれも水を飲んだ。確かにリーシャが言うとおり無味無臭の水っぽい。

水道水じゃなくて、どっちかというとミネラルウォーターに近い感じだ。

うん、これは問題なく飲めそうだ。

これで水も確保、あとは食べ物だ。

メニューの中で食べ物は見当たらないけど、「果樹」とか「畑」とかはある。

魔力が残り１９００だから、５００で作れる果樹の魔法陣を作った。

矢印は二つ、一つは倉庫で、一つはわき水をさしてる。

「取ってきます！」

「おれが入れるよ」

リーシャが倉庫に向かっていき、マドウェイがわき水を汲《く》んで魔法陣に入れた。

「ご主人様、ちょっと来てくれませんか？」

「どうした」

倉庫の中に入る、リーシャが困った顔で二種類の木の実を両手に持っていることに気づいた。

どっちの木の実も魔法で光ってる。

メニューを開いてみた。該当《がいとう》するところで「木の実×１」としか書かれてない。

木の実ならなんでもいいんだろうか。

「どっちがいいのでしょうか」

「じゃあこっち」

リーシャの右手をさした。判断材料が他になくて適当に選んだ。

おれの決断なら間違いないとばかりに、リーシャは右手に持ってた木の実を魔法陣に持っていって投入した。

魔法陣が集束して、身長の二倍の高さの木になった。

そこに投入したものと同じ木の実がいっぱいくっついている。

「すごい……いっぱいできた」

試しに一つもいで、更に500払って果樹を作った。

同じものができた。

わき水のように無限でわき出る訳じゃないけど、作ってすぐに実がつくみたいだ。

消費魔力500を考えれば、使いよう次第では便利かもしれない。

そして何より。

これで衣食住、全部を確保することができたのである。

第05話　いちばん嬉しいこと

――魔力が5000チャージされました。


素材集めしてる最中にいきなり声が聞こえた。

まわりに誰もいなくて、おれ一人だ。

魔力チャージはリーシャが笑うか喜ぶかってのが今までのパターンだったから、ちょっと驚いた。

「メニューオープン」

DOREC《ドレカ》Aを持って唱える。

アキト
種別：ノーマルカード
魔力値：5900

アイテム作成数：11
奴隷数：1

やっぱり増えてる、枯渇《こかつ》しかかった魔力が増えてる。

何があったんだろう。

気になるから、おれは家に戻った。

リーシャがちょうど倉庫から出てくるところに遭遇した。

「ご主人様」

リーシャがおれに向かって小走りで近づいてきた。

「ただいまリーシャ。何かいいことがあったのか？」

「えっ、ど、どうしてわかったんですか？」

魔力が大量にチャージされた……とか言うまでもなく、おれを見つけて小走りでやってきたリーシャの顔を見ればわかる。

妙に嬉《うれ》しそうで、スキップしだしそうな雰囲気だ。

「実はこんなものを拾ったんです」

リーシャはそう言って、鉄の剣をおれに見せた。

おれのと似たような鉄の剣、だいぶ古びた感じだけど同じものだ。

「拾ったのかそれ」

「はい」

「なるほど」

誰かが作って、それで落としたか捨てたかしたものを拾ったのか。

「ご主人様とお揃《そろ》いです」

ニコニコしながら言った。

おれとお揃いなのが嬉しかったのか。

可愛いヤツだ。

「あれ？」

ニコニコしてたのが変わった。リーシャは不思議そうな顔でおれの背後を見た。

「あれって……なんでしょう」

振り向く、リーシャが見つめた先に砂埃《すなぼこり》が巻き起こっていた。

それが動いて、こっちに向かってくる。

目を凝《こ》らしてみる、ものすごい鋭くて長い爪を持った、凶暴な顔つきのサルだ。

「モンスターです！　ど、どうしましょうご主人様」

リーシャが慌《あわ》てふためく。

「落ち着け、おれがいる」

「は、はい」

「何とかする。リーシャは下がってな」

「はい――いえ、わたしも戦います。戦わせてください」

鉄の剣をぎゅっと握り締める。

「わかった、ただし危なくなったら下がるんだぞ」

「はい！」


――魔力が2000チャージされました。


なんか魔力がまた増えたけど、気にしてる余裕はなかった。

モンスターは全部で四匹。数で負けてるから、おれは気を引き締めて立ち向かった。

――が、拍子《ひょうし》抜けした。

奴らは弱かった、ビックリするくらい弱かった。

人間と同じくらいのサイズで、鋭そうな爪を振ってくるけど。

力はまるで子供のように弱く、爪も鉄の剣で受け止めただけであっさり切れた。

しまいにはだだっ子パンチをしだすモンスターたち。

なんとなく最弱のモンスターなのかなって思った、ＲＰＧで譬《たと》えるとスライムかゴブリンクラスだ。

まだあのウサギの方が強い。というかあのウサギ一匹でこいつら四匹を倒せそう。

当然そいつらをあっさり倒した。

「お疲れ様ですご主人様」

「全然疲れてないけどな、お前もそうなんだろ」

「はい」

苦笑いするリーシャ。リーシャからしてもかなり弱く感じて、それでさっき大慌てしたのを恥ずかしがってる。

モンスターが全部こういうのなら助かるな。

「さて、こいつらは何かの素材になるかな」

DORECAを出して、メニューをオープンして。

とりあえず入手したことにしようと、倒れている猿たちに触れようとした。

そいつらは光った。

胸の辺りが光りだして、全身を包んだ。

四匹全部だ。

「ご主人様」

「下がってろ」

「はい！」

リーシャを下がらせて、鉄の剣を再び構える。

あんなにあっさりいくわけがなかったな……と、何が出てきてもいいように警戒する。

しかし。

「むっ」

「こ、これって……人間？」

驚くリーシャ、おれもビックリした。

なんと、光ったサルは一匹残らず人間に姿を変えた。

☆

「つまり、覚えてるのはモンスターに殺されたことだけ、と」

「はい」

人間になった四人。彼らが起き上がってくるのを待って、話を聞いた。

全員が男で、その中で一番年上っぽい、四十代くらいの男と話した。

男の名前はヨシフっていうらしい。

「モンスターに殺されて、あきらかに死んだ！　って思ったら、次の瞬間にはここにいたんだ」

「じゃあ世界が滅びかけたのも知らないのか」

「はい」

「あの……それは知ってます」

気弱そうな少年がおずおず手を上げて言った。

「それは知ってるのか。じゃあ世界についてどこまで知ってるんだ？　勇者はどうなった」

「えっと、世界がいよいよ持たないから、勇者様が邪神の城に行くっていううわさを聞きました」

「それは知らない」

「邪神の部下の四天王はどうなった」

「おれが死んだときは一人倒したっていううわさが流れた直後だった」

「わたしは三人目が二回倒されたところまで」

サルから人間に戻った四人が口々に言った。

どうやら死んだ時期はまちまちみたいだ。

だがまあ、話はわかった。

一番重要なのは、モンスターに殺されて死んだ人間がモンスターになって、それを倒したら人間に戻るっていう事実。

女神から言われた世界の再生、ひいては「国を作る」という目的の中で、人間を増やすのは重要なことだ。

これからもモンスターを見つけたら倒すべき、それがわかっただけで大収穫だ。

おれがそんなことを考えていると、ヨシフたちがざわざわしだした。

「世界がこんなことになってるなんて、これからどうするんだ……」

全員が不安そうだ。

とりあえず最低限の不安は取り除こう。

「メニューオープン」

魔力を確認、全部で７９００ある。

足りないけど、とりあえずやれるだけやろう。

７５００の魔力を払って、木の家の魔法陣を少し離れたところに作った。

助手としてだいぶ慣れたリーシャは、おれが「メニューオープン」って言った瞬間から倉庫に駆けていき、光りだした素材を運んできた。

あうんの呼吸みたいで、ちょっと嬉しい。

五人がきょとんとしてるうちに素材を次々と運んで、やがて三軒の木の家ができあがった。

「ど、どういうことだこれは」

ヨシフが驚く、他のみんなも開いた口がふさがらない様子。

「魔法で作った」

「魔法？」

「そういう力があるんだおれには。この力でまずはここに町を作ろうと思う。協力してほしい」

「し、しかしこの人数じゃ町には……」

「人も増やす。お前たちがなってたモンスターをおれが倒す。ものも作る。家、服、食べ物。おれが用意する」

五人がざわめきだす。木の家とまわりの果樹、そしてわき水を順に見ていった。

ざわざわしてるけど、さっきの不安によるざわめきじゃない。

次第に、彼らは落ち着いていった。

それで話がまとまると、リーシャが言ってきた。

「ご主人様、家が足りません」

そういえばそうだ。増えた住民が四人で、作った木の家が三つ、微妙に足りない。

かといって魔力も残ってないし……。

「リーシャ」

「はい」

「お前はしばらくおれの家に来い」

と言った。リーシャが家を明け渡せば数は足りる。

「余裕が出たらまた作ってやる、今は——」

「はい！」

リーシャは食い気味で言ってきた。大喜びの、満面の笑みになった。


——魔力が３００００チャージされました。

きょとんとするおれ、まさかおれと一緒に、でチャージされたのか？

しかも今までで一番多い量、３０００が一気にだ。
おれと一緒に住むのがそんなに嬉しいのか。
「ふんふんふーん♪」
鼻歌まじりのリーシャ。
予期しなかったできごとにおれは苦笑いする。
……悪い気はしないけど。

第06話　奴隷の贈り物

ガキーン！

目の前のモンスターに鉄の剣を叩《たた》きつけたが、手応《てごた》えはまったくなかった。

というより不思議な手応えだ。

干した布団のような柔らかいものを叩いた感触なのに、発した音が金属のぶつかり合う音だ。

モンスターの体を蹴って、後ろに飛び退《の》いた。

「鉄《き》の剣じゃダメか！」

斬れそうだけど、斬れる気がしない。

おれは忌々《いまいま》しげにつぶやき、モンスターを改めて観察する。

そいつは一言で言えば、巨大で、びっしりと白い毛に覆《おお》われた芋虫《いもむし》だ。

大きさは自動車くらい、毛は真っ白でモフモフしていそうなイメージ、そしてフォルムはまるっきり芋虫。

エルーカーという名前のモンスターだ。

そいつの体がぼんやり光っている、つまりおれがいま作ろうとしてるものの素材だってことだ。

エルーカーはゆっくりとおれの方を向く、大きく開けた口の中で獰猛《どうもう》そうな牙《きば》が光を反射する。

――来る!

次の瞬間、それまでのっそりしていたのが嘘みたいに突っ込んできた。

引き裂いた空気が音を立てるほどの猛進。

とっさに横っ飛びでかわした。エルーカーは突っ込んでいった先にある岩に咬《か》みついた。

バリッ、ゴリッ。

巨大な岩が粉々に噛み砕かれた。ものすごく鋭い牙に、ものすごいあごの力だ。

咬まれるとまずい、人間の体なんて簡単に持ってかれる。

実際かすっただけで腕から血が噴き出してる。

やばいモンスターだ――と思っていたけど、すぐに弱点がわかった。

横に飛び退《の》いたおれを追ってゆっくり方向転換する。

ビックリするくらいゆっくりだった。一八〇度の半回転をするのに一〇秒くらいかかりそうだ。

突進は速いけど、方向転換は苦手。

そう判断したおれは速度をあげてエルーカーのまわりをくるくる回って、隙《すき》を見つけては剣で斬りつけた。

くるくる回って、斬りつける。

パターンに入った。

しかし手応えがない。

斬りつけた時、実際に鳴ってるのはガキーンという金属音だけど、手応えに変換されてペチペチっていう効果音に聞こえてしまう。

まるでダメージ1の攻撃をしつこく当てていく、ペチペチ。

ペチペチ、ペチペチ。

ペチペチペチペチペチペチ――。

それを繰り返して、約一時間。

ザシュ！

ようやく攻撃が通った。叩きつけ過ぎて刃こぼれしてきた鉄の剣がエルーカーの表皮を貫通した。

「うおおおおお！」

そこに一気に体重をかけて、エルーカーの体を貫く。

外は硬いけど、中は柔らかかった。刃こぼれした鉄の剣でもバターを切るかのように一気にいけた。

両断したエルーカー、そいつはうねうねともがいたあと、動かなくなると、体がしぼんでいった。

体の中が溶けてなくなるかのようだ。

やがて、そこに山ほどの毛が残った。

「……しんどかった」

疲れ果てて、おれはどさっと地面に座り込んだ。

☆

毛を持って、町（予定地）に戻ってきた。

「アキトさん――それどうしたんですか？」

おれを出迎えたヨシフが腕のケガを見て驚いた。

「たいしたことはない。それよりもこれを魔法陣に」

「わかりました。持ちます」

ヨシフがエルーカーの毛――白毛虫の毛を半分以上持っていった。

家の前に張った四つの魔法陣に持っていく。素材が一種類だけの魔法陣だ。

魔法陣の中に毛を振り分けていく。

光が白毛虫の毛を包み込み、素材を完成品に変えていく。

完成したのは服。ただの服だ。

ただの服、特に何かあるわけではない、魔力50で作れるただの服。

実はこのただの服、他にも作り方があった。その中で一つだけ必要魔力が低くて、素材の数も少なかった。

だからそれを選んだんだけど……罠《わな》だった。

魔力が少なく必要材料も少ないけど、素材そのものを手に入れる難易度が鬼のようだった。

油断したら即死する相手（しなければどうということはないけど）から取ってきたものがただの服にしかならない。

これから、消費魔力が低いものは罠として見た方がいいと思う。

それはともかく、服ができあがった。モンスターから人間に戻した、ヨシフたち四人の分だ。

ヨシフは服を受け取って、みんなのところに持っていった。

残ったおれはメニューを開く。

苦戦はもういやだし、鉄の剣が刃こぼれしてきたから、新しい武器を作ろうと思った。

メニューを見て武器を探すと、一つメチャクチャ目を惹《ひ》くものがあった。

――エターナルスレイブ。

リーシャたちの種族名と同じ名前の武器があった。

そして、消費魔力はなんと驚きのゼロ！

素材は鉄の剣×２に、奴隷の贈り物×１だ。

「罠臭《くさ》い……メチャクチャ罠臭いぞこれ」

さっきのこともあっておれは警戒した。

「……とりあえず消費はゼロだし、魔法陣を張っても作らなきゃいいだけだ」

言い訳をして、魔法陣を張った。どういうものなのか確認しようと思ったのだ。

魔法陣からいつものように矢印が出た。

矢印は二本、一本はおれが持ってる鉄の剣をさしてて、もう一本は――。

「ご主人様、なんかわたしの髪が光ってます――あっ」

リーシャが慌《あわ》てて走ってきたけど、状況を見てすぐに理解した。

矢印のもう一本はリーシャをさしてて、そしてリーシャの綺麗な金髪は光ってる。

彼女の髪が素材らしい。

「さすがにこれはないわな」

髪を切って素材にするってことだろうけど、さすがに気が引ける。

奴隷とはいえ見た目は長い金髪の綺麗なエルフだ。その髪を切るというのは――。

「はい、ご主人様」

リーシャは迷うことなく、スパッと自分の髪を切り落とした。

束になってるそれを掴《つか》んで、おれに差し出す。

「ちょ！　なにしてるんだ」

「なにって、ご主人様はわたしの髪が必要なんですよね」

「必要は……必要だけど」

「じゃあ、どうぞ」

平然としたまま髪をおれに渡そうとする。

ため息を吐いた、切り落としたものは仕方ない。

「リーシャ、その鉄の剣もくれ。剣は二振り必要なんだ」

「わかりました！」

髪と剣を受け取って、自分の剣と一緒に魔法陣の中に投入する。

新しい剣ができた。

きらびやかな装飾を施《ほどこ》した、なんだかものすごい見た目の剣。

「これがエターナルスレイブか」

剣をヒュンヒュン振ってみた。なんだろう、メチャクチャ手になじむ感じだ。

必要魔力ゼロ、人間（奴隷）の体の一部。

多分これってものすごい武器だとおれは思った。

一方、リーシャは。

「わたしの髪が……ご主人様の武器に」

そんな風に目をキラキラさせて、感動したように言う。そして――。


――魔力が２００００チャージされました。

第07話　町長になりました

エルーカーを追加で狩って、白毛虫の毛を手に入れた。

ただの服を作ったときの状況からして、逆説的にこれが高級な素材である可能性が高い。

どのみち素材はあればあるほどいい、いざって時にすぐものを作れるから。

ちなみにエルーカーは、新しい剣・エターナルスレイブで楽に倒せた。

鉄の剣でペチペチ叩《たた》いていたのが、一振りで真っ二つにした。

やっぱりものすごい武器だった。

さらに小技も見つけた。

ただの服の魔法陣を出しておくと、それがレーダーみたいにエルーカーの居場所をさしてくれる。まあこっちはおまけみたいなもんだ。

ともかく、おれは大量の毛を抱えて、町を作る予定地に戻ってきた。

「なっ――」

目の前の光景に驚いた。

家がほとんど壊れていた。

崩れたり、プスプスと黒い煙を上げたりしている。

「どうしたんだ！」

ヨシフに駆け寄って聞いた。

「あっ、アキトさん。実はモンスターに襲われて」

「モンスター？」

「はい、すごく強いモンスターで……抵抗したんですけど、この有様で……」

苦虫を噛みつぶしたような表情のヨシフ。

よく見ると家が壊されただけじゃない、他の人たちもケガをしてる。

まさしく襲撃されたあと、って感じだ。

「すまない、せっかく作ってもらったのに」

「それはいい。それより薬を作るから手伝って」

ＤＯＲＥＣＡ《ドレカ》を持ってメニューを開いた——瞬間。

アキト
種別：ノーマルカード
魔力値：２０８７３
アイテム作成数：18

奴隷数：1

おれは驚いた。

魔力値が何故《なぜ》かものすごく中途半端《はんぱ》な数字になってた。

本当なら20200あるはずだ。残った分と、エターナルスレイブ作成でチャージされた20000を合わせてそれくらいはあるはず。

なのにちょっと減っていた。

なんなんだ？　これ。

「アキトさん？」

ヨシフが不思議そうにおれを見た。

「いや、なんでもない」

とりあえずこれは放っとこうと、おれは万能薬の魔法陣を一〇作った。

今使う分と、ストックとして置いておく分だ。

それをヨシフに任《まか》せて、今度は壊された家の前に立った。

更にメニューを開く。作れるもののリストに「修復」というのがあった。

昨日までなかったけど、今見たらあった。

作ったものが壊れたときに出てくるものなんだろうな。

「修復」を全部の家にかけた。

魔力は一つにつき1250、一から作る時の半分だ。

素材もやっぱり半分で、倉庫から出して魔法陣に入れたら家が修復された。

とりあえずこれで後始末は一段落。次はこれからの話だ。

「モンスターが襲ってくるとなると、何か武器を作っとくか」

「イリヤの泉があればいいんだが」

「イリヤの泉?」

話しかけてきたヨシフを見つめ返す。イリヤってどっかで聞いた気がする。

ああ、あの女神の名前か。

「町を作る時にかならず必要となるものだ。それがある町には並大抵のモンスターは近づけなくなる」

「なるほど、結界みたいなもんか」

「それがあればなあ」

「ちょっと待って。メニューオープン」

作成可能リストを確認する、イリヤの泉……イリヤの泉。

「あった」

「作れるのか⁉」

「ああ」

1500ポイントを払って、イリヤの泉の魔法陣を地面に作る。

矢印は五本、四本が倉庫で、一本が遠く離れたところをさしていた。

☆

一人で素材を取りに行った。

素材の名前は「聖なる雫《しずく》」必要な数は1。

「なんかすごそうな素材っぽいよな」

独りごちながら荒野を歩く。

何事もなくゲットできればいいんだが。

「そういえば」

魔力が中途半端に消費された現象を思い出した。

急にあんなことになって、なる前となった後で変わったことを考えていくと、エターナルスレイブを手に入れたくらいしかなかった。

DORECAを左手に持ってメニューを開き、エターナルスレイブを右手で持って近くに転がってる岩を斬《き》った。

まるでバターを切るかのような手応《てごた》えで岩を斬った。

すると、2873残っていた魔力が7減って2866になった。

やっぱりそうだった。この武器は使う度《たび》に魔力が減る武器だ。

チャージされた魔力と引き替えにかなりの切れ味を出す。

おれは納得した。

納得して、更に歩き続けた。

「うん？　あれなのか？」

目の前にエルーカーが現れた。何回も倒して白毛虫の毛をゲットした相手だ。

そいつの体が光っていた。

なんでこいつが光ってるんだ？　魔法陣は今――イリヤの泉の分しか作ってないぞ。

こいつが素材なのか？

「うわ！」

そんなことを考えてるうちにエルーカーが突進してきた。相変わらず突進速度は殺人級だ。

「まあいい、倒してから考えよう！」

エターナルスレイブを構えて、横っ飛びしてエルーカーを一撃で真っ二つにした。

前と同じ、エルーカーの体が溶けて、白い毛だけが残った。

だが、その白い毛は光らなかった。

「……外れ、ってことか？」

もそもそという音が聞こえた。またエルーカーが現れた。

そのエルーカーも体が光っていた。

……まさか、レアアイテムってことか？

そんなことを考えながら、おれは二匹目のエルーカーに斬りかかっていった。

☆

「ご主人様！」

みんなのところに帰ってくると、リーシャが駆け寄ってきておれを出迎えた。

「ご主人様、大丈夫でしたか」

「大丈夫だ。魔力が残り二桁《ふたけた》だけどな」

「え？」

「いやこっちの話だ」

おれはそう言って、ポケットの中から光ってる素材を取り出す。

素材の光を放つ、雫型の宝石みたいな石だ。

魔法陣から出た矢印はこいつをさしている。

「これが素材なんですね」

「ああ……ドロップ率が５％くらいだったぞ」

「え？　ああいやなんでもない。そうだ、後で一仕事頼むから一緒に来てくれ」

聖なる雫を手に入れるまで斬りまくった、外れだった分の白毛虫の毛も回収しないとな。

話してる間に、マドウェイとヨシフ、そして他の人たちも集まってきた。

彼らが見守る中、聖なる雫を魔法陣の中に入れる。

いつもの光が出現して、それから噴水ができた。

公園の池にあるような噴水。

それができた直後、噴水を中心に違う光が広がった。

温かくて、安心する光。

「おおお」

「これだ……」

「モンスターを拒《こば》み、町を守る光」

「これで町が作れる」

みんなが感動した様子で言った。

はじめて体験した光だけど、どうやらこれでいいみたいだ。

「アキトさん」

ヨシフがおれに話しかけてきた。ものすごく真剣な顔だ。

「まだ何か作り足りないものがあるのか？」

「アキトさんにお願いしたいことが」

「なんだ、言ってみろ」

「ここの……これから作る町の町長になってくれませんか？」

ヨシフが言うと、他の全員が一斉におれを見た。

全員が「お願いします」と言ってるような目だ。

頼み事ってそういうことか、まあ元からそのつもりだ。

「わかった、町長になる」

おれが引き受けた瞬間、男たちが盛大に沸き、リーシャは目を輝かせて尊敬の表情を向けてきた。

こうしておれは町長になった。

第08話　奴隷の喜び、奴隷の悲しみ

リーシャを連れて、エルーカーの毛を回収しに行った。

「こんなにいっぱい……全部ご主人様が？」

「ああ」

「すごいです。ご主人様」

「お前のおかげだがな」

「え？　わたし、何もしてませんよ」

「いや、エルーカーを楽に倒せたのはこれのおかげだ」

そう言って、エターナルスレイブを掲《かか》げてみせた。

エターナルスレイブ、リーシャの髪から作った、リーシャの笑顔の魔力で威力を発揮する剣。

鉄の剣だと一匹で数時間苦戦するようなモンスターをザコのように狩れたのは間違いなくこの剣のおかげ、だからリーシャのおかげだ。

はにかむリーシャ、まんざらでもない顔だ。

――魔力が2500チャージされました。

ついでに魔力もチャージされた。

「よう、久しぶりだな」

声が聞こえて、振り向く。

そこに聖夜《せいや》と彼の奴隷がいた。

エターナルスレイブ《金髪エルフ》族の奴隷に首輪をつけて、リードを引いている。

まるっきり「奴隷」扱いだ。

……そっちの方が正しいのかなあ。

そんなことを考えながら、おれは返事をした。

「久しぶり」

「どうよ、調子は」

聖夜はにやにやして聞いてきた。

その顔は、何かを自慢したくてたまらないヤツがよくする顔だ。

「ぼちぼちかな。とりあえず素材を集めてる最中だ」

「素材ってそれか？　そんなものを集めてどうするんだ」

そんなもの、か。

「まあ、いろいろとな。そっちはどうなんだ？」

「順調だぜ。そうだ、お前にいいことを教えてやるよ」

「いいこと?」

「アイテムを作る時さ、できあがったものが違うものの素材になることがあるんだぜ。例えばこの鉄の剣」

聖夜はそう言って鉄の剣をおれに見せた。前におれが作ったのとまったく同じものだ。

「これな、銅の剣から作ったんだ」

「そうなのか」

ちょっとビックリした、違う意味で。

おれのその反応に気をよくして、聖夜は更に言った。

「先に銅の剣を作ってから、それを使って鉄の剣を作った方が素材が節約出来るぜ? ま、魔力は多めにかかるがな」

「なるほど」

納得できる話だ。

手間と魔力を多めに使って素材を節約する。

言われてみれば当たり前の話で、多分逆もあるんだろう。

「魔力を大量に持ってないとできない芸当だが」

「そうだな」

「ま、魔力なんていくらでも搾《しぼ》り出せるから、問題ないけどな」

聖夜はそう言うなり、いきなり自分の奴隷を蹴っ飛ばした。

蹴っ飛ばしたが、リードは引いたまま。そのためリードが奴隷の首を絞めあげる結果になった。

奴隷が苦しむ、そして涙が落ちる。

おれの横にいるリーシャも悲しそうな顔をした。

エターナルスレイブの二人が目を合わせて、ますます悲しそうな顔をした。

「お？」

「どうした」

「普段より多く魔力チャージしやがったこいつ。この一発だと普段だと２００なんだが、今ので２５０入ったぞ」

お、おう……。

「見られるのがいやなのか？　んん」

聖夜はにやにやして奴隷を見た。まるっきりドSな顔だ。

「そ、そんなことありません」

「ないのか？　んん？」

「はい、ありませ――」

「靴を舐《な》めろ」

最後まで言わせることなく命令を下す聖夜。

奴隷は涙しながら、それでも聖夜の靴を舐めた。

聖夜はそれを見て、満足げな、ゆがんだ笑顔を浮かべる。

「くくく、やっぱりそうだ、見られると普段の三割くらいは増えるぞ。今ので３００増えた」

「……もうその辺にしてやれ」

「なんだ、奴隷に同情か？　そんなことじゃこの先やっていけないぞ」

「……」

「まあいい、またな」

聖夜は奴隷を連れて立ち去った。最後まで勝ち誇った顔で。

……なんだかなあ。

まあいい、さっさと毛を集めて帰ろう。

そう思ったおれだが、リーシャがじっと聖夜たちの後ろ姿を見つめていることに気づいた。

その目はさっきとちょっと違った。さっきのは悲しそうだったけど、今はどちらかというと羨《うらや》ましそうな目をしてる。

オモチャ売り場で他の子供がオモチャを買ってもらうのをじっと見ている子供のような目だ。

「リーシャ」

「え？　ごめんなさいご主人様。すぐ素材を集めます」

「それはいいけど、なんで彼らを見てたんだ？」

「え？　そ、それは……」

リーシャはもじもじして、言いにくそうにした。

「く、首輪が」

「首輪？」

「首輪、いいなあ、って」

「……首輪がほしいのか」

「はい……」

頷いて、そのままうつむいてしまうリーシャ。

言ってから恥ずかしくなった、そんな顔で。

本当にほしがってるみたいだ。

「本当にほしいのなら作ってやるぞ」

「本当ですか！」

顔をパッと上げて、きらきらした目で見つめてきた。

これはもう……聞くまでもないな。

メニューを開いて、首輪を選んで魔法陣を作る。

「じゃ――」

「ああ、リーシャはここで待ってろ」

「え？」

「せっかくだからおれが作ってやる」

そこにリーシャを待たせて、おれは矢印がしめす方向に向かって走り出した。
素材は三つ、ビクっていうモンスターの皮と、宝石の原石、そして白毛虫の毛。
素材を揃《そろ》えて、魔法陣に投入して、首輪ができた。
それをリーシャにつけてやると、彼女は嬉《うれ》しそうに、愛《いと》しげにそれを撫《な》でた。
「ありがとうございますご主人様！」
首輪をつけたリーシャは、聖夜の奴隷とは対照的な笑顔で大いに喜んだ。

――魔力が10000チャージされました。

聖夜より、だいぶ多くチャージした。

第09話　激戦、そして進化

さて次は何を作ろう、そう思って倉庫の前でメニューを眺めてたおれは新しいものが作れることに気づいた。

素材はブシノ石とシュレービジュの爪、この二つだ。

魔力を払って魔法陣を作る。

ブシノ石は大量にあるから当たり前のように矢印が倉庫をさす。

もう片方の矢印は明後日《あさって》の方角をさしてて、そこを向くと地面が光ってるのが見えた。

町の外、何もない荒れ地が光ってる。

こんな近くにあったのかと、おれはそこに向かっていった。

すると。

「これは……あのサルの爪?」

倒したら人間に戻ったあのサルの爪だ。

それが光ってるってことはこれがシュレービジュの爪で、つまりあのサルはシュレービジュって名前か。

矢印は地面にある爪をさしている。

それを見つめて、考える。

しばらくして、おれはそこに落ちてる爪を粉々にした。

矢印が九〇度曲がって、違う方向をさす。

そこにシュレービジュ……猿《にんげん》たちがいるはずだ！

☆

矢印を追いかけていく。

町からだいぶ離れて、三〇分近く歩いた。

いい加減疲れてきたころ、ようやくシュレービジュと遭遇した。

岩山の上にたむろってる、約二〇匹の猿。

凶暴な面構《つらがま》えは相変わらず、そして爪が光っていた。

「二〇人」

つぶやくおれ。そのために使える素材をわざとだめにして、魔法陣をレーダー代わりにここまでやってきたのだ。

シュレービジュを倒して人間に戻す、町の住民を増やす。

それが目的だ。

猿が次々と山を下りて、こっちに向かってきた。

凶暴な顔と攻撃性は前と同じだ。

多分、弱さも前と同じ。

おれが応戦しよう——と思ったその時。

「ウ、ウキ……」

猿が怯《おび》えた。

こっちにぞろぞろと向かってきてたのが急に止まって、全員が真っ青な顔で回れ右して、一斉に逃げ出した。

どういうことだ?

まさかおれに恐れをなしたわけでもないだろうに。

おれは振り向いた。

猿どもが怯える「なにか」を探した。

左の方からモンスターが現れた。

白い毛がびっしりと体を覆《おお》う芋虫《いもむし》、エルーカー。

そいつは突進して——途中で急ブレーキをかけた。

今までに見たことのない急速旋回で、九〇度曲がって、再びダッシュする。

攻撃じゃない、逃げるためのダッシュ。

エルーカーは持ち前の突進力で逃げ去った。

その後も何匹かのモンスターが現れては、何かを見て、慌《あわ》てて逃げ出す。

シュレービジュやそいつらが見た方向を注意して見てみる。

そこに一匹のサソリがいた。

体の長さは約三〇センチ、サソリにしては大きいけど、エルーカーを知った後では驚くほどの大きさじゃない。

こいつに――みんな怯えてるのか？

そいつは動かなかった。動かないままこっちを見ていた。

睥睨《へいげい》。

そんな言葉がおれの頭に浮かんだ。

はじめて見たモンスターなのに、そこに威圧感を抱いてしまった。

ドスン、ドスンという地鳴りがした。

音のする方を向く。そこに竜がいた。

龍じゃなく、竜。

恐竜タイプの大きな竜がこっちに向かってくる。

モンスターたちが逃げてきた方に向かって直進する。

逃げないのか――と思った次の瞬間。

サソリが竜に飛びついた。

飛びついてしっぽで刺した。

「グオオオオ！」
竜がうなり声を上げた、空気が震えるほどの声で、おれは思わず耳を塞《ふさ》いだ。
直後、目を疑った。
サソリにさされた箇所が腫《は》れ上がり、どろどろに溶けた。
肉が溶け、骨が見え、それも溶けていく。
暴れ回る竜に、今度は足を刺した。足も同じようにドロドロに溶けていく。
巨体を揺らして地面に倒れた竜は、しばらくして動かなくなった。
そこに、サソリが這《は》っていく。
見た目はまるっきり巨獣と蟻《あり》だが、実際の強さは逆転してる。
「……食ってる、のか」
サソリは竜を食べだした。溶かして、それを口で吸い込む。
わずか、五分。
家にも匹敵するほど巨大な竜は、サソリに全部食われてしまった。
もはや間違いない、モンスターたちはこいつに怯えていたのだ。
これはまずい、逃げなきゃ。
「――！」
そう思った次の瞬間、サソリが飛びかかってきた！
とっさにエターナルスレイブを抜いてガードした。

ゴッ！　しっぽと剣がぶつかって鈍《にぶ》い音がして――おれは吹っ飛ばされた。
トラックにはねられて吹っ飛ばされたような浮遊感。
すっ飛んで、猿たちがいた岩山にぶつかった。
まずい！　と体を起こそうとするが足に痛みが走った。
足首が腫れ上がってて、紫色に変わってる。
今の一撃ですっ飛ばされて、打ちどころが悪かったみたいだ。
とっさに懐《ふところ》から万能薬を取り出して、飲んだ。
足がたちまち治って、立ち上がれるようになった。
サソリがじりじり向かってくる。プレッシャーが近づいてくる。
逃げられない――倒すしかない！
おれは腹をくくって、奴隷の剣を振りかぶって、こっちから攻めていった。
小さい、圧倒的な速さ、桁違《けたちが》いのパワー。
エターナルスレイブがなかったらすぐにやられてた。
攻撃を防いで、持ってきた万能薬でケガを治して、反撃する。
「くっ！」
しっぽに刺された！　すぐに万能薬を取り出して刺されたところにかけた。
腫れ上がっていったのが一気に元に戻った。
ほっとした。ほっとして戦いに集中。

攻撃力自体も弱くなる。防御をすり抜けて腕にしっぽが当たったけどメチャクチャ痛いだけですんだ。

移動から攻撃まで、全部の動きが遅くなった。

やがて、サソリの動きが鈍《にぶ》くなってきた。

それを繰り返す。

防御、回復、反撃。


さっきまでなら間違いなく折れてたのに。

間違いない、ダメージが蓄積してる！

これならいける——と思ったけど。

「くっ、万能薬が切れた！」

懐がすっからかん、持ってきた万能薬を全部使い果たしてしまった。

まず「撤退」という文字が頭の中に浮かんだ。

今なら逃げられる。さっきまでと違ってサソリは弱ってる。今なら逃げられる。

次に「もったいない」という言葉が浮かんだ。

ここまでやって、弱ってる相手を置いて逃げるのはもったいなさ過ぎる。

迷う。どうすればいいのか迷う。

おれは続行を決めた。ここまできて逃すのはもったいない。

続行する代わりに慎重に戦った。

今まで以上に攻撃を喰らわないように立ち回った。

攻撃時も深追いはしない、確実に当てられるときだけ攻撃して、ちょっとでも危ないと思ったら引いた。

超、安全策。

自分がＨＰ１になって、あと一発でも当たれば死ぬ。そのつもりで慎重に動いた。

それから五分。

慎重にちくちくやった結果、サソリは倒れた。

地面に転がって、けいれんして、動かなくなった。

「……」

エターナルスレイブを構える。油断はしない、最後の最後まで油断しない。

じりじり近づいていって――慎重に、慎重に剣を振り下ろす。

ザシュッ。切っ先が抵抗なく突き刺さった。

サソリは真っ二つ……もう死んでいた。

「はあ……」

気が抜けて、その場にどかっと座り込んだ。

ヘトヘトだ、体のあっちこっちが痛い。

いまエルーカーが来たらもう観念するしかない、ってくらいおれは弱っていた。

「ウキッ」

「ウキー」
声の方を向く、猿の大群が戻ってきた。
凶暴な顔で、爪を煌《きら》めかせている。
弱ってるおれに向かってきて、一斉に飛びついてきた。
「……」
エターナルスレイブで反撃する。
一撃一殺。
弱ってるけど、こいつらなら楽勝だ。
猿――シュレービジュを一匹残らず倒した。
そいつらは倒した順に、人間に戻っていく。
「目的……達成」
今度こそへとへとで、仰向《あおむ》けに倒れて猿が人間に戻るのを見守った。
そして、最後の一人が人間に戻ったとき。
――レベルアップ！　ノーマルカードがブロンズカードに進化します。
頭の中から初めての声が聞こえた。
同時に光がおれの全身を包み込んで、体が軽くなった。

動けるようになった――いや全回復した！

そして――。

「メニューオープン」

作れるものが、倍以上に増えていた。

chapter TWO 第二章

ブロンズカード

BRONZE CARD

第10話　嬉しさ二倍、力も二倍

倒れている人間の数を数えた。

男女あわせてちょうど二〇人だ。

この人たちを連れて帰れば、あそこは全部で二七人になる。

今までは町といっても五人しかいなかったから全然町っぽさはないけど、二七人もいれば、まあ村くらいにはなるだろう。

人の数はどんどん増やしていかないとな、そのためにわざわざシュレービジュを探しに来たんだからな。

とりあえず全員が生きてるかどうかを確認して回ると、おれはあることに気づいた。

二〇人のうち、一人が金髪に尖《とが》った耳の女だったのだ。

エルフみたいな見た目、リーシャと、まるっきり同じ外見だ。

もしやこれって――。

エターナルスレイブと呼ばれる種族。

「うう……ん」

少女が呻《うめ》いて目を開ける、気がついたみたいだ。

「ここ、は……？」

「気がついたか」

「うん……はっ、に、人間⁉」

少女は飛び上がって、ズザザザと後ずさった。

おれから距離をとって、尻餅《しりもち》をついた格好で震えてる。

人間が怖いのか……なにかひどいことをされたんだろうか。

とはいえおれはその「ひどいこと」を一切するつもりはない。

奴隷という健気《けなげ》な生き物は愛《め》でるべきものだってのがおれのポリシーだ。

「大丈夫だ、何もしない」

にこりと笑いかける、しかしあまり効果はない。

少女はおれを見つめたままガタガタ震えてる。

こっちが一歩踏み出すと、向こうは一歩分後ずさる。

うーん、どうしたもんかな、これ。

そんなことを考えていると。

「ご主人様ー」

背後から声が聞こえてきた。リーシャだ。

振り向くと、首輪にドレス姿のリーシャがやってきた。

「どうした」
「ご主人様の帰りが遅いので、心配して来ました」

「よく場所がわかったな――ああそうか、シュレービジュの爪をさす魔法陣の矢印があるからか」

それは今でもさしてる。サルたちが人間に戻ったあと、地面に散らばったいくつかの爪をさしている。

それを頼りに追いかけてきたんだろう、リーシャは。

「そうだ、万能薬を持ってるかリーシャ」
「はい、ご主人様からいただいたものがまだ」
「それいったんおれにくれ、こっちの分は使い切っちゃったから」
「はい……えっ、使い切った？」

万能薬を取り出しかけて、思いっきり驚くリーシャ。

「ご主人様いっぱい持ってましたよね。なんで使い切ったんですか」
「強いモンスターと戦ってな、それで使い切った」
「えええええ、大丈夫なんですか？」
「見ての通りだ」

なんとなくガッツポーズしてみた。

「よかった……」

リーシャはほっとした。心の底から安堵《あんど》した顔だ。

おれはそんなリーシャをしばらく見つめて、あることを思い出す。

「メニューオープン」

アキト
種別：ブロンズカード
魔力値：16
アイテム作成数：49
奴隷数：1

魔力がやっぱり減ってた、しかもぎりぎりだった。

リーシャの髪から作ったエターナルスレイブは魔力を使って本当の力を発揮する。

さっきのサソリの一戦で万能薬だけじゃなくて、こっちも使い切る寸前だったんだな。

「ありがとう、リーシャ」

「え？」

「お前のおかげで強敵を倒せた」

「わたし、なにもしてませんよ」

「してるさ」

おれはリーシャの手を取って、言った。

「お前は、おれの自慢の奴隷だよ」

「自慢の奴隷……」

リーシャはおれをじっと見つめた。

目を大きく見開き、おれの言葉を噛みしめているようだ。

しばらくして――にへら、と笑った。

顔が緩《ゆる》みきった笑顔を浮かべた。


――魔力が10000チャージされました。


喜ぶと魔力をチャージしてくれるリーシャ。その笑顔で10000をチャージしてくれた。

おれは奴隷を愛《め》でたい、目の前の奴隷は愛でられると大量の魔力をくれる。

win-winな関係っていうのは、こういうことを言うんだろうな。

「あっ……」

離れたところから息づかいが聞こえる。

さっき目覚めた女の子、もう一人のエターナルスレイブだ。

その子はもう怯《おび》えてはいなかった、驚いた顔でおれを見つめてる。

どうやら話はできるようになってるので、話しかけてみた。

「おれはアキト、こっちはおれの奴隷のリーシャ」

「あ、うん」

「お前は」

「ミ、ミラ」

「ミミラー？」

「ミラです！　ミラって言います！」

軽いジョークに反応してくれた。

これもさっきまでだったら、ただ怯えられてただけだろう。

「いくつか質問させてくれ。まずお前のその見た目、リーシャと同じエターナルスレイブでいいんだな、エルフじゃないんだな」

「エターナルスレイブです。エルフってなんですか？」

それは知らないのか。まあいい。

「で、なんであのサルに——気を失う前のことを覚えてるか？」

今までのことを思い出して、質問を途中で変えた。

「えっと……森の中を歩いてたらいきなりモンスターに襲われて……あれ、生きてる」

ミラは自分の体を見た。

襲われた記憶があって、自分が生きてるのが不思議なんだろう。

エターナルスレイブでも、前に助けた四人と同じ感じみたいだな。

「じゃあもう一つ、おれの奴隷にならないか」

「はい、なります！」

即答された。

これにはおれの方がビックリした。さっきまであんなに怯えてたのに、まさか即答で「はい」って言われるとは思わなかった。

「本当だな」

「はい！　お願いします」

ミラは起き上がって、パッと頭を下げた。

「メニューオープン」

アキト
種別：ブロンズカード
魔力値：10016
アイテム作成数：49

奴隷数：2

うん、奴隷の人数も二人に増えてる。

それで話が一段落したから、おれは他の人達、人間に戻って倒れてる人たちを見て回った。

残った一九人は全部人間だった。

あとは起きるのを待って話をしよう。できるだけ全員を口説いて町に連れて帰りたいな。


「あの……リーシャさん」

「なに？」

「リーシャさんは、ご主人様にどれくらい仕《つか》えて、その首輪をいただいたんですか」

「これはね——」

「ほしいのか」

背後で話す二人に振り向き、ミラに話しかけた。

リーシャに話す口調と、振り向いた直後に見えた表情。

ミラが首輪を羨《うらや》ましがってるのは間違いない。

「はい……わたし、奴隷ですから」

「ふむ」

首輪をほしいのは「奴隷ですから」か。

「よし、あげる」

「え？」

驚くミラ、おれは首輪の魔法陣を作った。

「い、いいんですか？」

「ほしいんだろ？」

「はいっ」

「ならやるよ。奴隷は首輪がないとしまらないもんな」

「はい！」

「リーシャ、お前も手伝え」

「わかりました」

穏やかに微笑むリーシャ、まだ半信半疑ながらワクワク顔のミラ。

――魔力が２００００チャージされました。

――魔力が１０００チャージされました。

同時に、二人分がチャージされた。

第11話　荒野の27人

リーシャがミラを連れて、首輪の素材を探しに行った。

シュレービジュから戻った人間が一人、また一人と目を覚ました。

目覚めた順番から一人ずつ質問していく。

全員、ヨシフたちと同じように、最後はモンスターに殺されたという記憶が残ってる。

これで確定した、シュレービジュはモンスターに殺された人間が変化したものだって。

「ねえ、村は……村はやっぱり……」

「……ああ」

一人の女が言って、男が重々しく頷《うなず》いた。

見れば他にも何人か――合計一〇人がその話で暗い顔をしてる。

その一〇人は他の九人と微妙に距離をとって、ひとかたまりで地べたに座っている。

なんとなくピンときた。

「お前たちは同じ村の出身なのか？」

「ああ、おれたちは全員トマリ村に住んでた」

「そのトマリ村は？」

「……モンスターに襲われ、燃えて……多分なくなった」

「そうか」

頷くおれ。予想はできていた。

「他のみんなも似たような感じか？　モンスターに襲われて、住んでた村・町がやばかったのは」

聞くと、今度は全員が沈んだ。

一九人全員同じ経歴で――もう帰る場所がないって認識したか。

そんな彼らにおれが提案を持ちかけた。

「実はここからちょっと離れたところに町を作ろうって思う。そこに来ないか」

全員がざわめきはじめる。

「説明はあとでするけど、この世界は滅びかけてる。けど邪神はもう倒された。だからこれからは復興の時代だ。おれは町を作って、広げていき、ゆくゆくは豊かな世界を取り戻したいと思う」

反応が薄い。まだみんな悩んでる。

一息ついて、更に言った。

「今は町が一つで、そこもまだ小さいけどちゃんとイリヤの泉を設置した。そこを発展させて――」

「イリヤの泉だって⁉」

さっきの男が声を上げた。よく見ると一九人うち大半が驚いている。

どうしたってんだ？

「本当にイリヤの泉があるのか？」

「あ、ああ」

「そこに住まわせてもらえるの？」

「そう誘ってるけど」

「じゅ、住民税とかは？」

「うん？」

次々に質問された。なんか変な話になってきた。

「待て待て、なんでみんなそんなに驚いてる。イリヤの泉ってそんなにすごいものなのか？

おれは『町には必要なもの』だって聞いたから、ちょっと無理をして作ったんだけど」

そう言うと、全員から「作ったの？」と声を揃《そろ》えて驚かれた。

さっき以上に驚かれた。

同時に、一部から尊敬の眼差《まなざ》しを向けられるようになった。

「どういうことなんだ、おれは嘘を教えられたのか？」

「いや、そうじゃない」

最初の男が答える。

「たしかにイリヤの泉は町には必要なものだ。それがあればモンスターの侵入を防げる。だけどそれを設置できるのはかなり人口の多い町だ。それこそ千人以上がいる町とか」

「わたしたちが住んでたような村にはとてもとても……」

「それにそういう町って、住むだけで住民税とられるから」

みんなが次々に言った。

それでようやくわかった。

間違いじゃない。作ったのは間違いじゃない。

ただそれがものすごいアイテムだってだけの話だ。

それを必要だと言ったヨシフは……多分、都会暮らしで田舎《いなか》の常識がわかってないとか、そういうタイプの人間だったんだろう。

おれは咳払《せきばら》いして、改めて言った。

「みんなをおれの町に誘う。住民税なんていらない。そこで一緒に町を作っていこう」

☆

首輪をつけた二人の奴隷、そして一九人の町人。

それを連れて町に戻った。

「おお、本当にイリヤの泉だ」

「すごい……」

「安心して暮らしていいのね」

全員がイリヤの泉を囲んで、感嘆《かんたん》している。

「でも家がないわ」

「建てればいいんだよ。おれ、昔ちょっと大工をやってたんだ」

元大工がいたのか。

それはいいけど、今はまだそのスキルは必要ないかな。

おれは一九人に近づいて言った。

「あー、ちょっと待って」

「どうしたんだ」

「メニューオープン」

ブロンズカードになったＤＯＲＥＣＡ《ドレカ》を出して、作成リストから木の家を選ぶ。

「リーシャ、頼む。ミラはリーシャの手伝いをして」

「はい」

「わかりました」

二人が倉庫に入り、指定の素材を運び出して、リーシャの指示で魔法陣に入れた。

素材が揃って、そこに木の家ができた。

「な、なんだこれは！」

「魔法？」

全員が驚く。

「おれはこういうのを魔法で作れる力を持ってる。見ての通りおれが魔法陣を作って、そこに必要な材料を入れたらそれでできる。イリヤの泉もこれで作った。というかここにあるものは全部おれが作った」

「すげえ……」

全員が更に感嘆した。

おれのことを、まるで英雄でも見ているかのような目になる。

「魔法陣はあと七軒の家を作れる。ここに設置するから、みんなで素材を集めて作って」

「おう、わかった。みんなやろうぜ」

男が言って、みんなが声を揃えた。

何となくその男がリーダーっぽくなってる。

一九人が家を作るのに動きだすのを確認してから。

「メニューオープン」

おれは再びメニューを開き、作成リストを見る。

実はさっきから気になってたものがあった。

ブロンズカードになって、解禁されたものの中の一つについてだ。

二階建ての木の家、魔力１０００。

普通の木の家は消費魔力が２５００だ、にもかかわらず二階建てはその半分以下。

それに触って、素材を確認する。

「なるほど、木の家が丸ごと一つ必要なのか――よし」

他の素材を確認して、作れることを確認してから、おれは自分の家の前に戻ってきた。

「ご主人様」

「ご主人様」

後ろから二人の奴隷がついてきた。

二人して、何をするの、って顔でおれを見つめてる。

「二人とも手伝え、これからこの家を大きくする」

「大きくするんですか？」

リーシャが驚く。

「これから三人になるからな……あっ、もしかしてミラは別の家がいいのか？」

ミラに聞く。すると彼女はブンブンと首を振って。

「ご主人様と一緒がいいです！　わたし、奴隷ですから！」

「そうか」

ミラの意志も確認できたし、おれは二階建ての木の家の魔法陣を、今住んでる木の家の横に作った。

すると、一番近いおれの家が光りだす。他の矢印が倉庫をさす。

「よし、じゃあ二人で中から荷物を運び出して。終わったら他の素材を集めてこい」

「「はい！」」

言いつけ通り二人で中から布団とか、服とか、そういう荷物を運び出した。

そのあと素材を集めに行く。二人は揃ってちょっとした笑顔だ。

なんとなく気づいたけど、命令口調の方が彼女たちは喜ぶらしい。

たぶん本人たちもわかってないくらいの、わずかな違いだ。

それを眺めながら、空《から》っぽになった家を見て、さてどうするかと悩む。

他の素材は二人に任《まか》せられるけど、木の家はどうしたらいいんだろ。

作ったものを素材にするって意味では、エターナルスレイブの時と同じだ。

だけど、その時は鉄の剣だった。

普通に持てて、普通に魔法陣の中に入れられるもの。

それに比べてこれは家だ。

「まさかこれを持ち上げる訳にもなぁ――っておい」

冗談で家の下に手を入れて持ち上げようとしたら――普通に持ち上がった！

さっきまでそこに建ってた木の家が軽々と持ち上げられた。

全く重さを感じなくて、本当に持ってるのかどうか不安になる。

ダンベルみたいに上げ下げした……普通にできたよおい。

「わあ……ご主人様」

「すごい、すごいすごい！」
戻ってきた二人の奴隷が尊敬の目で見てきた。
すごいのはわかる、おれもこれを見たら同じ感想を持っただろう。
こんな風に家を持ち上げてダンベルみたいにするのを見たらおれでも驚く。
……なんで持てるのかはあとで究明しよう。
とりあえず木の家を魔法陣に入れて、彼女たちが集めてきた素材も入れた。
光を放ったあと、二階建ての家が完成した。
まわりが平屋のなか、ここだけ二階建て。
町長だし、これくらいの特権はないとな。

第12話　奴隷の勲章

おれはミラと一緒に歩いていた。

イリヤの泉から出発して、一直線に進む。

黙々と歩く、ミラも黙々とついてくる。

二人で歩くこと約五分。

「おっ」

「どうしたんですかご主人様」

「こっちに来てみろ」

後ろからミラがやってくる。

「あっ」

「わかるだろ」

「はい」

ミラは自分が立ってるところの前と後ろを交互に見比べた。

まるでそこに見えない線が引かれてるかのように。

「こっちとこっち」

おれはその見えない線の上で反復横跳びした。

「こっちにいるとなんかほっとして、こっちにいるとなんか不安になる」

「はい」

「つまりここまでがイリヤの泉の効果範囲なのか。もうちょっと歩くぞ」

「はい！」

ミラを連れてさらに効果範囲を確認する。

中心から徒歩五分……三〇〇メートルを半径にした円が効果範囲みたいだ。

つまりこの効果範囲の中で町を作るってことだ。

そのためにも、魔力は必要だ。

「メニューオープン」

アキト
種別：ブロンズカード
魔力値：２０１６
アイテム作成数：58

奴隷数：2

魔力がだいぶ減ってる。そんなに残ってない。

人が増えたから一気に家を作ったのが響いた。

それでも、家は足りてないんだよな。

もっと魔力を増やさないと。

おれはミラを見た。

「どうしたんですか、ご主人様」

首輪をつけてるエルフ的な見た目の女の子。

おれの奴隷。

笑ったり喜んだりするとおれに魔力をチャージする愛らしい奴隷。

「ミラ」

「はい」

「なにかほしいものはあるか？」

「ほしいものですか？」

「そうだ。なんでも言え、作ってやるぞ」

「ええっと……」

　ミラは考えた。

　首をかしげてうんうん唸《うな》った。

「特に……ありません」

「ないのか」

　おれは困った。

　喜ばせるために何かを作ってやろうと思ったけど、何もほしいものがないのは困る。

「本当にないのか？　遠慮なんかしなくていいんだぞ」

「本当にないです。その……」

「うん」

　ミラはうつむき、もじもじしながら言った。

「こんなに素晴らしいご主人様の奴隷でいられるだけで充分ですから」


――魔力が１０００チャージされました。


　言った直後魔力がチャージされた。

　今までの経験だと笑ったり嬉《うれ》しくなったりする時に魔力がチャージされるらしい。

　今のチャージは嬉しくなったからだろう。

　その言葉を言って、嬉しくなった。

……顔が熱い。

「……」

「ご、ごめんなさい。わたし生意気なことを言っちゃってますよね。奴隷のくせにご主人様の命令に逆らってそんなことを言っちゃダメですよね。えっとえっと、ほしいもの……ほしいもの……」

ミラが大慌《おおあわ》てで考えだす。

おれが聞いた「ほしいもの」をなんとかして見つけようと努力してる。健気《けなげ》だ。

その姿を見てますます顔が熱くなった。耳の付け根まで熱くなった。

「ミラ」

「は、はい」

「そのことはもういいから」

「ごめんなさい、本当にすぐに見つけますから」

「いいから、それよりも仕事。イリヤの泉の効果範囲を確認して、地面にわかりやすく線を引いてくれ」

「――わかりました！」

ミラは大喜びで頷《うなず》き、近くに落ちていた木片を拾って、範囲を確認しつつ地面に線を引きだした。

――魔力が５０００チャージされました。


おれはちょっと困った。

恥ずかしいのをごまかすために無理矢理仕事を振ったんだけど、それで魔力がチャージされた。

つまり今のもミラには嬉しいこと。

「もしかして……」

おれはある可能性を思いついた。

「ミラ、家に戻ってる、終わったら戻ってこい」

「はい！」

家に戻って、メニューからブロンズカードで解禁された「紙」を作って、その紙でメダルを折った。

折り紙のメダル、出来映《できば》えは普通……いやそんなに良くない。

幼稚園児なみの出来映えだ。

できたところでミラが戻ってきた。

「ご主人様、お仕事終わりました」

「終わったのか？　引いた線はどんな感じになった」

「ぐるって一周して、最初と最後が繋《つな》がりました」

「そうか、よくやったな」

「はい」

「じゃあこれをやる」

と言って、今折ったメダルを渡す。

「これは……？」

「仕事をちゃんとやったからな、ご褒美《ほうび》だ」

おれはそう言った。

奴隷としておれの役に立ちたいって思うミラ。

ならば仕事の褒美という名目はどうなんだろうかと。

……わざとらしいか？

そう思って、ちょっと不安になったから付け加えた。

「それを一〇個集めたら特別な奴隷にしてやる」

特別な奴隷ってなんだ、って自分でも思ったけど。

「ありがとうございます！」


――魔力が100000チャージされました。

「うお！」

効果は抜群、思わず声が出るくらいの量がチャージされた。

第13話　満腹と別腹

食料が底をついた。

おれは全部収穫された果樹の前に立って、それを見上げていた。

住民がミラを含めて、いきなり二〇人も増えたせいで食料の消費量が一気にはね上がった。

昨日はなってる果物を全部とって、それでぎりぎり何とかなった。

今倉庫の中にある、残った果物は一人分あるかないかくらいだ。

ぶっちゃけこのままだと今晩からみんなが飢えることになる。

それを解消するために今はマドウェイとヨシフの二人がみんなを連れて狩りに行ってる。

「絶対狩れるって保証はないしな……メニューオープン」

ＤＯＲＥＣＡ《ドレカ》を持って、メニューを開く。

アイテムリストの中から食べ物を探す。

前の時は食べ物がなかった、代わりに「果樹」とか「畑」とかがあった。それで何とかお茶をにごした。

でも今はある、ブロンズカードになったことで増えた、作れるようになった食べ物がいくつかある。

食べ物のメニューを見ていく、それは全体的に消費魔力が高かった。

「……おいおい、ショートケーキが3000って、ぼったくりか？」

思わず突っ込んでしまった。

それらの消費魔力は数百数千とかは当たり前、ケーキとかのデザート系に至っては木の家より高い有様だ。

しばらく眺めて、そこに法則性があることに気づく。

「贅沢品《ぜいたくひん》とか嗜好品《しこうひん》は高いのか」

肉とか野菜とか数百（それでも高い）だけど、ショートケーキは3000、パフェに至っては10000という大台に乗ってる。

他にもいろいろあるけど、概《おおむ》ねそういう法則で必要魔力量が変わる。

ってことは――ここの一個だけ桁外《けたはず》れに少ないのが気になるな。

食べ物のカテゴリーに入ってて、プシニーという名前で、消費魔力が1だ。
1、たったの1。
それを魔法陣にした。

矢印が出て、すぐそばの地面をさす。

地面の土が光りだした。

その土を掘って、魔法陣に入れた。

魔法陣がプシニーとやらになった。
「……カ◯リーメイト？」
それを見た最初の感想がそうだった。
それはブロック状の塊《かたまり》、パッケージに入ってないブロック栄養食みたいなものだ。
試しに手に取ってみる、匂《にお》いを嗅《か》いで、ぺろっとなめる。
味も匂《にお》いもしなかった。ビックリするくらいしなかった。
おそるおそる一口かじってみた。
「……まずっ」
思わず声に出るくらいまずかった。
味はしない、匂いもしない。
おまけにパサパサして食感も悪い。
一言で言うと――とんでもなくまずいカ◯リーメイトだ。
だけど――。
「あっ、腹がふくれた」
また声に出るくらいビックリした。
一口食べただけであきらかに腹がふくれていくのを感じた。
わき水のところに行って、水と一緒に残った分を全部口の中に放り込んだ。
更に腹がふくれた、ちょっとした分量なのにもう腹がパンパンだ。

なるほど、消費魔力は超低くて、とんでもなくまずいけど、腹はふくれるのか。

わかりやすいと思った。そしてありがたいとも思った。

これなら、二〇人と言わず、数百人分でもまかなえるぞ。

ならば量産しよう、と思ったその時。

「ただいまご主人様」

リーシャが戻ってきた。

「おうリーシャ、ちょうど良かった。これからものを作るから手伝え」

「はい」

リーシャは笑顔で即答した。

「素材は土だ。片っ端《ぱし》から魔法陣作るから、横にある土を掘って片っ端から入れて」

「わかりました」

おれはDORECAを持ったまま、次々にプシニーの魔法陣を作った。

その横にぴったりくっついてきて、魔法陣ができたそばから土を掘って放り入れるリーシャ。

魔法陣作る、土を入れる。

魔法陣作る、土を入れる。

魔法陣作る、土を入れる。

消費魔力1の非常食、腹がふくれるだけの非常食をリーシャと二人で量産した。

とんでもなく単調な作業だったけど、それを無心でやった。

流れ作業で食料を量産する、まるでそういう工場で働いてる気分になった。

一時間それを続けると、山のようなプシニーができた。

それを眺めて、手の甲で汗を拭《ぬぐ》った。

「お疲れ様です」

「そっちもな」

「ところで、これってどんなものでしょうか？」

「プシニーっていう食べ物だ。人が増えて、食料が足りなくなったからな」

「食べ物……」

「……食べてみるか？」

「いいんですか？」

「みんなに食べさせるために作ったんだからな」

「そうですね」

リーシャはプシニーを一つ取って、三分の一くらいかじった。

手で口を押さえて、もぐもぐする。

「……うっ」

表情が変わった、ちょっと呻《うめ》いた。

「あはは、まずいよな」

「いえ、そんな……ご主人様が作るものですから」

「いやまずいぞ、おれもさっき試食したから知ってる。そのかわりメチャクチャ腹ふくれるぞ」

「……あっ、本当です」

「そういうものらしいな。まずいけど腹はふくれる」

「はい……」

リーシャはプシニーをまじまじと見つめた。

どうしようかって顔をしてる。

「……ご主人様のものっ」

ちょっとためらって、えいっ、ってかけ声とともに残ったプシニーを全部口の中に放り込んだ。

もぐもぐして――メチャクチャ涙目になった。

無理して食べなくてもいいのに。

……。

「お腹はいっぱいになったか？」

「えっ、はい！　ごちそうさまでした！」

「もうちょっとくらい何か入らないか？」

「えっと……」

リーシャはプシニーの山をちらっと見て、泣きそうな顔をして、それでも頷《うなず》いた。

「ちょ、ちょっとなら」

「そうか、まあ別腹って言うしな」

「?」

「メニューオープン」

ＤＯＲＥＣＡを持って、魔力３０００を払って魔法陣を作った。

「あれ?　素材は倉庫――プシニーじゃないんですかご主人様?」

「別のヤツだ。ほら、素材取ってこい」

「わかりました」

リーシャが命令通り素材を取ってきて、魔法陣に投入。

光の中から……ショートケーキが現れた。

倉庫の中に残っていた一人分の果物、イチゴがのったショートケーキだ。

「これはなんですか?」

「一口食べてみろ」

「はい……」

リーシャはおそるおそるショートケーキを食べた。

「――美味《おい》しい!」

プシニーの時とは違って、顔がぱあと綻《ほころ》んだ。

満面の笑み、と言っても過言ではない。

「甘いです、美味しいです。すごいですご主人様」

「そうか」

「こんなものをわざわざ……ありがとうございます、ご主人様！」

リーシャに感謝された。


――魔力が2000チャージされました。


頭の中で声が聞こえる、リーシャの喜びで魔力がチャージされた。

３０００で作って、２０００がチャージされた。

まったくの赤字だが。

「まっ、いっか」

それくらい、別にいいかなと思った。

さて、リーシャがショートケーキを食べ終わったらまたプシニーの生産を再開しよう。

なにしろ住民は二〇人もいるんだからな。

「あ、あの……ご主人様」

「うん？」

「あ、あーん」

リーシャは恥ずかしそうにしながら、ショートケーキを一切れ差し出してきた。

「……」

「あ、あーん」

同じことを繰り返した。

ビックリしたおれだが、気を取り直してそれをパクっと口に入れた。

……美味しかった。

魔力はやっぱり赤字だが。

「うまいな、リーシャ」

「ご主人様が作ったものですから。もう一口どうですか」

「くれ」

これでいいと本気で思った。

☆

夜、アキトとミラが寝ている中、リーシャは布団の上で身悶《みもだ》えていた。

遅れてやってきた喜びをかみしめていた。

――うまいな、リーシャ。

頭の中でご主人様の言葉がリフレインする。

「……くふ、ふふふふふ」

顔がにやける、笑い声が漏《も》れる。

時間がたつにつれ、嬉《うれ》しさがこみ上げてくる。
(食べてくれた、ご主人様があーんで食べてくれた)
嬉しいな、またさせてくれないかな。
リーシャは一晩中、布団の上で悶え続けた。
アキトが気づかないところで、魔力がグングンチャージされていった。

第14話　魔法のキッチン

「メニューオープン……え？」
朝の自宅、今日は何から作ろうかなとDORECA《ドレカ》を持ってメニュー開いたら驚いた。

アキト
種別：ブロンズカード
魔力値：186006
アイテム作成数：1060
奴隷数：2

魔力がかなり増えてる。
昨夜寝る前は10万ちょっとだったはずなんだが、何故《なぜ》か8万も増えてる。

さすがにこれはおかしい、記憶違いの域を超えてる。

とはいえ原因はごくごく限られてるから、おれは可能性のある二人に聞いた。

「リーシャ、ミラ。何かいいことあった？」

「いいことですか？」

「えっと……」

二人は考える。ミラが先に答えた。

「ご主人様ができました！」


——魔力が100チャージされました。


手を合わせて、笑顔で答えるミラ。

何もしてないのに微妙に魔力がチャージされたのが本心っぽかった。

「リーシャは？」

「えっと、わたしも……あっ」

言いかけて、顔を赤らめて口をつぐんでしまう。

「どうした」

「い、いいえ、なんでもありません！」

更に顔を赤くして、手をぶんぶん振る。

じっと見つめた、目をそらされた。

いやな感じではなさそう、恥ずかしいだけって感じだ。

意味不明だけど、誰のおかげかはわかった。

昨夜から今朝にかけて、おれが寝てる間にリーシャに何か嬉《うれ》しいことがあったんだな。

そのリーシャはおれをちらっちら見た。更に原因はおれにあるみたいだ。

……寝顔が可愛かった、とか？

☆

「あっ、アキトさんおはよう」

家を出るとマドウェイがいて、話しかけてきた。

「おはよう。なんかばたばたしてるな」

マドウェイの後ろに男連中が集まって、何か準備している。

「これからみんなで狩りに行くところなんだ」

「狩りに？　食べ物はあるんだろ？」

おれは倉庫の方を見た。

あの中に、昨日まとめて作った千個近くのプシニーがある。

現在の住民は二七人だ、一日三食計算でもとりあえず一二日分はある。

「それはすごくありがたい」

マドウェイは頭を下げた。

「プシニー……だっけ。あれ一つでお腹ふくれるし、大量にあるから生活の心配がなくて、みんな感謝してる」

ならなんで？　と思った。

「しかし……これは言いにくいんだけど、あれはまずい」

「違う、まずすぎる」

おれが言った、申し訳なさそうな表情をしたマドウェイが吹き出した。

「そう、まずすぎる。腹はふくれるんだけどあのまずさは……ってことで、ちゃんと食べられるものもほしいなってことで、やっぱり狩りはしようって話になった」

「そうか」

最低限の保証はあるけど、上のランクの生活を目指すってことか。

「男衆は狩りに、女たちは植物で食べられるものを探す。そんな風に手分けすることになった」

そう話すマドウェイたちを送り出した。町の中に奴隷の二人と残った。

「ご主人様、今日は何から作りましょうか」

リーシャが言ってきた。

おれは考える。

いろいろとやりたいことはある。

家をもっと作ったり。

ミラに引かせたラインで町の壁みたいなのを作ったり。

シュレービジュを探しに行って、更に住民を増やしたり。

やりたいことは山ほどある。

が、それは全部あと回しにした。

「台所を作ろう」

「台所ですか？」

リーシャは首をかしげた。

「ああ、正確には共同の炊事場、ってヤツかな。みんなは美味《おい》しいものを食べたくて狩りに行ってるんだから、それを料理する場所をな」

「なるほど」

「そういうのも作れるんですか？」

ミラが聞いてきた。

「メニューオープン」

DORECAを持って作成リストを見る。

それっぽいものはなかった。

なかったけど——別のものの魔法陣を地面に出した。

「リーシャ、ミラ」

「「はい！」」

二人はにこにこ顔で倉庫に駆け込んだ。

戻ってくると、リーシャは不思議そうな顔をしていた。

「ご主人様、この素材って……木の家ですか？」

さすが何度も一緒に作ってるリーシャ。持ってきた素材で判断出来るようになっていた。

「ああ」

「炊事場をつくるのでは？」

「いいから」

「はあ」

リーシャとミラ、二人は素材を魔法陣に入れて、木の家を作った。

「むっ、ちょっと場所が悪いな」

木の家をひょいっと持ち上げて、離れた場所に下ろす。

魔法陣の段階で位置調整は難しいんだよなあ。

ちなみに、おれが作ったものなら、その気になれば簡単に持ち上げられる。

他の人間には物理法則通りの重さだけど、おれだけがそうじゃなくて、重さに関係なく持ち上げられる。

じつはこれ、あることに流用できそうなんだけど……機会があったら試してみようと思ってる。

場所を調整して、家の中に入る。

次々と魔法陣を作る。

テーブルとか棚とか、そういった台所に必要なものを一通り魔法陣で出した。

そしてかまどを――。

「……」

「ご主人様？」

ミラが小首をちょこんとかしげて見上げてくる。

「こっちにしよう」

おれはあるものを見つけて、かまどの代わりにそれを出した。

☆

魔法陣の矢印がさす先、町からかなり離れた山の中にそれがいた。

それは穴から流れ出ていた。

穴のまわりを溶かし、燃やす溶岩。

それが全部流れ出てから、形を変えてうごめきだした。

溶岩のモンスター、その体が素材の光を放っていた。

「こいつか」

単身でここにやってきたおれは腰のエターナルスレイブを抜いた。

この距離でも熱さが伝わる、肌がじりじり灼《や》ける。

剣を振って斬《き》りかかった。

「硬い！　けど！」

斬れないわけではない。力を込めて更に振り下ろすと、溶岩のモンスターを両断した。

「やっぱりそうなるか」

真っ二つにされた溶岩のモンスターは再び一つにくっついた。

スライムっぽい感じがしたからぶっちゃけ予想してた。

「……２０００かな」

ちょっともったいないけど、けちって結局高くつくよりはいい。多めに払っても一撃でやったほうがいい。

おれは魔力をエターナルスレイブに込めた。

数字にすると２０００、それを一撃で放つイメージで。

刀身が白く光りだし、膨張《ぼうちょう》していく感じだ。

それを――一気に振り下ろす。

奴隷の剣と魔力の塊《かたまり》、それがハンマーのように溶岩の魔物を消し去った。

そのあとに残ったのは赤い光、人魂《ひとだま》のような赤い光だった。

☆

赤い光――ラーバの魂を手に入れて、炊事場の中に持ち込んだ。

「ご主人様！」

「お帰りなさい！」

二人の奴隷に出迎えられる。

出した魔法陣が一つを残して、全部完成している。

「ご苦労様」

二人の頭を撫《な》でて、その魔法陣に向かう。

ラーバの魂を入れると、魔法陣がものに変わった。

台の上に、二つの穴が開いている。その穴の前につまみがある。

「ご主人様、なんですかこれは？」

「かまどみたいなもんだ。多分こうして……」

おれはつまみをひねった。直後、そこから火が出た。

もう片方のつまみもひねる、そこからも火が出た。

「すごい！　どうやって火をつけたんですかこれ」

ミラが驚く。

「そういうものだ」

そう言ってつまみを回す。消えて、弱火で、強火に。

まるっきりガスコンロだ。

「こんなの見たことないです！」

「うん！　普通はかまどで火をおこすから大変」

リーシャとミラが言う。

火を消して、テーブルとか棚、そしてコンロの位置を調整して、より台所っぽくする。

「よし、完成だ」

台所を見て、おれはちょっと達成感を覚えた。

今までと違って、ある意味パーツ単位で作って、それを組み合わせたものだったから、今までで一番達成感があった。

ちなみに、台所——魔法のコンロは町の住民たちにおおいに喜んでもらえた。

こっちは魔力増えないけど、悪い気はしなかった。

第15話　みどりですぞ

「ご主人様、今日は何から作りましょうか」

朝、リーシャが聞いてきた。ミラが横に立って同じようにおれを見てる。

なんだかなれてきたやりとりだ。

「今日は町の人を増やそうと思う」

「ではあのサル――シュレービジュを探しに行くのですね」

「ああ」

「あの、ご主人様！」

ミラが身を乗り出すほどの勢いで言ってきた。

「わたしも一緒に行っていいですか」

「ついてきたいのか？」

「はい」

おれは考えた、そしてリーシャを見た。

そっと顔を伏せられた。一緒に行きたいけどおねだりするのは恥ずかしいって顔だ。

「リーシャも来たいのか？」

「ご主人様が許してくださるのなら」

「ふむ。まあシュレービジュくらいならいいけど」

あのサルは本当弱いからな。

どこまで弱いのか検証してみたくなるくらい弱い。おれの予想だとデコピン――普通の人のデコピンでも倒せるくらい弱い。

なので戦いだけど、二人を連れてっても危険とかはない。

「よし、それならものを作るところから始めようか」

「ものを？」

首をかしげるリーシャ。

「リーシャ、それにミラ。お前らはどんな武器が一番得意だ？」

「わたしは弓です」

ミラが先に答えた。

「わたしも、弓です」

なるほど。見た目エルフだもんな。

「メニューオープン……うん、弓も矢もある」

DORECA《ドレカ》を持って家の外に出た。

弓も矢も一種類しかなかった。将来増えていくんだろうが、今はまだ一つだけ。

地面にたくさんの矢と、弓のを二つ、魔法陣にする。

「リーシャ、ミラ。お前達の武器だ、作ってみろ」

「「はい‼」」

二人は声を揃《そろ》えて、倉庫に向かっていった。

素材を次々に持ち出して、魔法陣に放り込む。

矢が山のようにできた。

弓が片方できたところで、最後の素材を持ってきたミラがつまずいた。

素材がすっ飛び、顔から魔法陣に突っ込んでいく。

「おい、大丈夫か」

「あたたた、大丈夫です――」

ミラが起き上がろうとした瞬間、ミラの髪が光って――魔法陣が光った。

次の瞬間、ミラの髪の一部が持っていかれて、代わりに弓が――リーシャが先に作った弓とは違うものができた。

弦《つる》が、ミラの髪の色――金色の弦になっていた。

「こ、これは……」

「どういうことなの？」

おれはメニューを開いて、作れるもののリストを探した。

弓が二種類になっていた。前からあったただの弓と、さっきまではなかったアクセルシューターという名前の弓だ。

おれは考えた、すぐに理解した。

「でかしたぞ、ミラ」

「え？」

「前からこういうパターンもあるんじゃないかって思ってたんだ。要求される基本の素材じゃなくて、別のものを入れてカスタマイズして違うものができることもあるんじゃないかって思ってた。それをミラが実証してくれた」

「ご、ご主人様のお役に立ったんですか⁉」

「ああ」

「……嬉《うれ》しい」


――**魔力が３０００チャージされました。**


「でもミラ。失敗は失敗よ」

「……はい」

「失敗から偶然お役に立つのではなく、ちゃんと命令されたことをこなしてお役に立つのが一番。わかってるわよね」

リーシャが先輩奴隷としてミラに説教した、ミラもそう思ってるのか、素直に受け入れた。

それが終わるのを待って、おれは二人に言った。

「リーシャ、ミラ。シュレービジュの狩りは二人に任《まか》せる」

魔法陣を出して、シュレービジュ探しのレーダーにした。

「ご主人様は？」

「今のでいろいろ試したくなることができた」

「お、お手伝いします」

前のめりで言ってくるミラ。失敗を説教された直後だから、失点を取り戻したいんだろう。

「いや、これはおれがやる。町の人間を増やす方が重要な仕事だから、二人に任せたい」

嘘じゃない。

「「はい！」」

おれにそう言われた二人は、喜んで弓矢を持ってシュレービジュを探しに行った。

残ったおれは、まったく仕事じゃないことを始めた。

メニューを開いて、毛皮のドレスの魔法陣を作る。

リーシャが着ているドレス。メニューの中でパッと見て、一番いいドレス。

それを改良しようとした、ブロンズカードでは解禁されてない、上のものを作ろうとした。

毛皮のドレスの素材はあのウサギの毛だ。

それじゃなくて、別のものを入れた。

倉庫の中から素材を持ってきて、片っ端《ぱし》から入れた。

まずはアブノイ草を入れた。入れた瞬間、魔法陣がはじけ飛んだ。

「失敗だとこうなるのか」

おれは懲《こ》りず、更に魔法陣を出して、違う素材を入れた。

ブシノ石からシュレービジュの爪、とにかくありとあらゆる素材で試した。

失敗、失敗、また失敗。

入れるたびに魔法陣がはじけ飛んで、魔力だけが無駄に消費される。

倉庫にある全部の素材を一通り試したけど、上手《うま》くいかなかった。

二人の奴隷の笑顔を想像する。

「だめだったか」

できることなら完成させたかったけど、だめだったらしょうがない。

おれは倉庫から出ようとした。

「うん？　これは」

倉庫の端っこに捨て置かれた、サソリの死体を見つけた。

あのメチャクチャ強いサソリ、万能薬が足りなくて、魔力も尽きかけた戦いの果てにようやく倒せたサソリ。

その死体。

「……メニューオープン」

魔力950を払って、毛皮のドレスの魔法陣を作る。

そこにサソリの死体を入れる。

魔法陣は……光になった。

光がサソリを包んで……やがてドレスになる。

緑に光るドレス、いかにもエルフに合いそうなドレス。

「キター！」

声が出た、ガッツポーズも出た。

メニューを確認する、毛皮のドレスとはちがう、光のドレスが追加されていた。

紛《まぎ》れもない成功だ。

「……よし」

光のドレスを家の中に置いて、おれはエターナルスレイブを強く握り締めて、町から出た。

☆

「ただいまご主人様」

「ただいま！」

夕方、戻ってきた二人の奴隷。

「お帰り、どうだった？」

「三人見つけました」

「あそこにいるよ」

「そうか、わかった、あとで会いに行く」

「ミラ、そのケガを早く直してらっしゃい。倉庫にご主人様が作り置きした万能薬があるから」

「うん！」

倉庫に駆けていくミラ。その頬《ほお》にちょっと擦《す》り傷があった。

なんかでケガしたんだろう。

ミラはすぐに戻ってきた。

「万能薬なかったよ？」

「え？　そんなはずは――」

「ああ、おれが使ったから気にするな、今作る」

「そうだったんですか」

メニューを開いて、万能薬の魔法陣を出す。

すっかり慣れたミラは素材を持ってきて、入れて、できた万能薬を自分に使った。

それを確認してから、おれはいったん家の中に戻って、ドレスを持ってきた。

光のドレスを、二着。

それを二人に渡した。

「ご主人様、これは？」

「二人にプレゼントだ。緑は似合うと思って」

「わたしたちに⁉」

「着てみろ」

「はい！」

ミラは早速着ようとした。

リーシャはドレスとおれの顔を交互に見比べた。

「ご主人様、もしかして万能や――」

「いいから」

それを止めて、着るのを促《うなが》す。

リーシャは察しが良かった。万能薬がなくなったのとドレスのことをすぐに結びつけた。

そう、おれは二着目のドレスを作るために、サソリを探して、ストックの万能薬を全部使い切る戦いをして、それで作った。

まっ、使ったのはストックの三〇個だけじゃなくて、更に作って持っていった合わせて五〇個の万能薬だけどな。

それを言うと面倒臭《くさ》いから、言わなかった。

リーシャとミラ、二人はドレスに着替えた。

似合っていた。

二人はエターナルスレイブという、まるっきりエルフみたいな外見の種族。

その見た目は、緑のドレスとよく似合っていた。

「思った通り似合ってるぞ」

「はい、なんだかしっくりきます」

「ありがとうございますご主人様！」

リーシャははにかんで、ミラはおおいに喜んでくれた。


――魔力が５００００チャージされました。

――魔力が５００００チャージされました。


二人とも、満足してくれたようだ。

ならばよし。

おれはチャージされたあと、魔力がどれくらいになったかを一応確認しようと思った。

メニューを開くと、そこに新しいものを見つけた。

エターナルスレイブ改。

それを見て、二人を見た。

期待が高まっていく。

第16話　エターナルスレイブ改

エターナルスレイブ改。

早速メニューの中から必要素材を確認した。

エターナルスレイブ×1
奴隷の誓約×2

わかりやすいパターンだ。

元となるエターナルスレイブを、奴隷の誓約というのを二つ使って強化・改造するタイプの製法。

リーシャとミラを見た。

二つというのも、当然二人から与えられることをさしているはず。

「どうしましたかご主人様」

「お仕事ですか？」

リーシャは小首を傾《かし》げて、ミラはワクワク顔だ。

「作りたいものがある、手伝ってくれ」

「「はい！」」

二人は同時に頷《うなず》き、即答した。

メニューを更に確認する、エターナルスレイブはもうあるから、奴隷の誓約を作る。

奴隷の誓約の素材は。

鮮血のインク×1
七生の契約書×1

どっちも持ってないアイテムだ。

鮮血のインクも確認。

奴隷の血×1

とあった。

つまり、リーシャとミラの血が必要なのか？

魔法陣を地面に二つ作る。

矢印が出て、二人をさした。

今までとはちょっと違うパターンだ。

片方の魔法陣がリーシャを、片方がミラをさしてる。

誰でもいいってわけじゃなくて、特定で指名してる感じだ。

「わたしたちですか？」

「体が光ってる……血管？」

ミラが言った通り、矢印にさされて、体全体じゃなくて、血管が光ってるみたいだ。

全身の血管が葉脈《ようみゃく》みたいに光ってる姿は幻想的で美しかった。

「お前たちの血が必要らしい」

「わかりました」

「やじりを使おう？」

狩りの前に作ってやった矢を使って、二人は手のひらに傷をつけた。

傷から血が出て、それを魔法陣に注ぐ。

必要分の量がたまって、魔法陣がアイテムに変わった。

鮮血のインク、とやらになった。

「それを持ってて」

「「はい！」」

さらに二つの魔法陣を作った。七生の契約書、とやらの魔法陣だ。

こっちは普通の素材だった、倉庫の中にあるエルーカーの毛皮だったから、二人に持ってこさせて魔法陣に入れた。

すると、真ん中に魔法陣の紋様と、文字の書かれた羊皮紙（素材は羊の皮じゃないけど）になった。

二枚とも持ち上げて、内容を読む。

見たことのない文字だけど、何となく読めた。

「契約書か……むっ」

おれは眉《まゆ》をひそめた。

内容がちょっとアレだったからだ。

「どうしたんですか」

「見てもいいですか？」

二人が横にやってきてのぞき込んだ。

おれは無言で七生の契約書を二人に渡した。

二人がそれを読む。

内容はおおざっぱに言えばこうだ。

奴隷である彼女たちが永遠におれの奴隷であることを誓い、魂《たましい》を差し出すというもの。

七回生まれ変わっても、ずっとおれの奴隷として、あらゆる命令に従うというもの。

それに同意するのなら、鮮血のインクでサインすること。

以上だ。

七回生まれ変わっても、というのがネックだと思った。それをどう説得しようかと思ったその時。

二人はほぼ同時に――いやむしろどっちが早いのかを競うかのように。

インクを使い、契約書にサインした。

契約書は光って、光の玉になった。

おれは驚いた。

「おいおい、もっと考えなくて良かったのか？　七回生まれ変わってもだぞ」

「ご主人様の奴隷ですから」

「むしろ幸せです！」

二人はそう言って、光の玉をおれに差し出した。

エターナルスレイブ。

おれはまだ、彼女たちを見くびっていたようだ。

「そうか」

光の玉を受け取った、二人を見つめる。

「これからもおれの奴隷でいろ」

「「はい！」」

——魔力が100000チャージされました。

——魔力が100000チャージされました。

魔力が増えたが、それはひとまず無視。

メニューを開いて、エターナルスレイブ改の魔法陣を作る。

矢印がエターナルスレイブと光の玉《奴隷の誓約》をさしてたから、それをまとめて入れた。

魔法陣が、新たな剣に変わる。

エターナルスレイブ改。生まれ変わった奴隷の剣。

それを取って、まじまじと見た。

「あまり変わってないな、ここに二つ宝石がついたくらいか」

見た目は柄《つか》と刀身の間に赤と水色の宝石が増えただけだ。

これでどう「改」なのか、おれはそう思いながら赤い方の宝石に触ってみた——その時。

リーシャの体が光る、光って――剣に吸い込まれた！
金属だった刀身がはじけ、赤い炎に変わった。
炎でできた刀身に変わった。
「リーシャさん⁉」
「これは……」
（ご、ご主人様？）
頭の中で声が聞こえた、胸の中に気持ちが流れ込んできた。
『ご主人様のものになれて嬉しい』
そんな気持ちが。
「……そうか」
今度は水色の宝石に触れた。
リーシャがはじき出され、ミラが吸い込まれた。
今度は淡い、水の刀身になった。
（わわ、わたしが溶けた！）
『ご主人様ご主人様ご主人様ご主人様ご主人さまあああん』
やかましい、でも悪い気はしない。
水色の宝石に触れ、ミラがはじき出される。
二人の奴隷、エターナルスレイブ改。

二人を見た、二人は顔を赤らめた。

「これから頼むぞ」

「「はい!!!」」

満面の笑みで頷く二人。

——**魔力が1000000チャージされました。**

——**魔力が10000000チャージされました。**

魔力がチャージされた——が。

ちょっとしてから、表示された魔力値が99999だって気づく。

二人の喜びが、ブロンズカードの上限を突破していた。

第17話　そのもの、周回遅れ

朝、家の前でDORECA《ドレカ》を手に取った。

「メニューオープン」

> アキト
> 種別：ブロンズカード
> 魔力値：999999
> アイテム作成数：1099
> 奴隷数：2

「やっぱり見間違いじゃないか」

メニューに表示されてる魔力が9が6個並んでる、つまり百万未満だ。

昨日、エターナルスレイブ改を作ったことでチャージされた魔力は一人当たり百万を越えてる。前のと会わせて二百万以上あるはず。

なのに今あるのはそれよりも少ない。しかもあきらかに上限に引っかかったって感じの表示だ。

試しにプシニーの魔法陣を一個作った。

魔力が９９９９９８になった。

それはつまり、９９９９９８のままじゃなくて、カンストした分は無駄になったってことだ。表示が上限にひっかかって、実質もっとある、ってパターンじゃない。

本当にそれだけしかないんだ。

もったいないけど、仕方ない。

この問題はひとまず棚上げにした。

この先きっと上限が上がることもあるはずだと思うから。

カードのランクが上がるとか、奴隷の数が増えるとか。

確証はないけど、確信はある。

どこかで上がるはずだ、と。

だから今は放っておくことにした。

家の中からリーシャとミラが出てきた。

二人は昨日作った緑色のドレスを着て、ニコニコ顔でおれの前に立った。

「ご主人様、今日は何から作りましょうか」

リーシャが言い、ミラがおれを見つめる。

すっかり慣れてきたやりとりだ。

「そうだな。魔力がもったいないから、一気に家を人数分作っちゃうか」

「もったいないのに作るのですか？」

リーシャが首を傾《かし》げる。

魔力カンストを知らないとそういう反応が当たり前だ。

それを説明しようと思った時。

「なんだここは！」

声が聞こえた、聞き覚えのある男の声だ。

見ると、そこに聖夜《せいや》がいた。

聖夜は相変わらずの格好で、腰に鉄の剣を下げている。

連れてる奴隷も、おれたちが召喚された時の粗末な服のままだ。

まるで成長していない……という感想が頭をよぎった。

驚く聖夜に近づいていった。

おれと聖夜が向き合って、それぞれの背後に奴隷が立って向き合う。

ご主人様同士の会見だから、奴隷はキツく口を閉ざした。

「よう」

「なんだこれは」

「なんだこれはって？」

「おまえ、この町をよく見つけたな。地上にまだこんなところが残ってたのか」

「うん？　ああ、おれが作ったんじゃなくて、地上に残ってた町をそのまま使ったって意味か」

「当たり前だろ」

聖夜はあきれ顔をした。

「こんなにいろいろ作れるはずがないだろ。こんなにたくさんの家……これだけでも普通に作ったら魔力5万近く必要だ。ほかのものを合わせたら……10万は下らないはずだ」

聖夜はあっちこっち見回して、見積もりを出した。

同じDORECAを持ってるだけあって、計算は当たらずとも遠からずってところだ。

「ま、そんなところだろうな」

「ふん。まあお前にはこれくらいの運でのハンデがあってもいいだろ。そうじゃなかったらおれにかなわないからな。聞いて驚け、おれの魔力は1万を越えた。もうちょっとで必要量が溜《た》まる、そしたらドカーンとすごいものを作る予定だ」

「……そうか」

「こういうのはな、アイテムを作って、そのアイテムを活用して効率的にやるのが定石《じょうせき》だ。見てろよ、おれの飛躍がもうすぐ始まるぜ？」

一万の予定を得意げに話す聖夜が不憫《ふびん》だった。

同時に、その後ろにいる奴隷をもっと不憫に感じた。

粗末な服のまま、悲しそうな表情で、体中に生傷がある。

どういう扱いで、どうやって魔力を一万も集めたのかは聞くまでもないこと。

「そうだ、今日はいいことを教えに来た」

「いいこと？」

「そうだ」

聖夜は得意げな顔をした。

「DORECAでメニューを開いてみろ、エターナルスレイブってのがあるはずだ」

「ああ、あったな」

「さすがに知ってたか。鉄の剣を素材に使うらしいが、おれはそれがものすごい武器だとにらんでる。名前が名前だからな」

「ああ、同感だ」

というより既《すで》に知ってる。

おれの腰にそれの改良版があるんだからな。

「鉄の剣はもうある、あとは奴隷の贈り物なんてふざけたものだが、それを見つけるだけだ」

「見つからないのか？」

おれは聖夜の奴隷を見た。

見た目エルフのエターナルスレイブ。

彼女もかつてのリーシャと同じように長い髪をしてる。

髪の量は足りてるはずだが。

「見つからん、まあこいつの何かだろうとは思うが」

聖夜はそう言って、まるで息を吸うように奴隷をビンタした。

乾いた音が響き、奴隷の顔が赤く腫《は》れ、涙が出る。

「おっ、涙が出た。涙も結構な魔力になるんだよな。今ので400くらいだ」

「……そうか」

「そういえばお前のその武器、見なれない外見してるな。なんて武器だ？」

「エターナルスレイブ……改」

おれは淡々と答えた。

「……は？」

聖夜はキョトンとなった。

「エターナルスレイブだと？」

「の、改だ。エターナルスレイブを使って作ったヤツだ」

「な、なななな、なんだと!?」

それまで余裕綽《しゃく》々《しゃく》だった聖夜の顔が一気に崩れた。

「どういうことだ、なんでそんなものを作れる」

「なんでって」

　さて、どう答えるべきかと考えた。

「……そうか、お前、奴隷を二人も」

「え？」

「それでか。おい教えろ、もう一人の奴隷はどうやって手に入れた」

「……」

　どうやら勘違《かんちが》いしてるみたいだ。

　エターナルスレイブを二人持ったから作れたと思ってるんだな。

　別にそうじゃないんだが。

「教えろ」

「いいけど、サルみたいなモンスターに遭《あ》ったことはあるか？」

「あの爪の長いヤツか？」

「ああ、アレを倒したらサルが人間になるんだ。その中から見つけた」

「なるほど、サルを倒せばいいんだな」

「ああ」

「わかった。見てろ、奴隷をあっという間に増やしてやる」

「……」

「おい間抜け、ついてこい」

聖夜は自分の奴隷を連れて去っていった。

去り際《ぎわ》、奴隷の顔が悲しそうなのが切なかった。

……。

「リーシャ」

「はい」

「万能薬を今から作る、それをあの奴隷に渡してくれ」

「彼女にですか？」

「ああ。奴隷は元気にしてるのが一番だ。笑うにしろ――悲しむにしろ」

「はい！」

急いで魔力を払って、万能薬を緊急生産した。

それでできたものをリーシャに持たせて、聖夜たちを追いかけさせる。

「そうだ、シュレービジュから戻った人間が行き場ないんならこっちに来るようにって教えとけ」

「わかりました！」

リーシャが万能薬を持って追いかけるのを見送る。

その横で、ミラがおれをじっと見つめる。

「どうした。そんな顔で見て」

「ご主人様って、器《うつわ》の大きい方だなって」

「そうか？」

「だってあの子だけじゃなくて、他の人間さんのことも心配してましたから」

それはまあ、聖夜がシュレービジュから戻った人間を養いきれるとは思えないから。

「それに……奴隷のことをよくわかってくださってます」

「そうだな」

「わたし、ご主人様の奴隷で良かったです」

ミラはガッツポーズして、笑顔で言った。

「わたし、元気で頑丈な奴隷を目指しますね！」

その笑顔は素敵で。

やっぱり奴隷はこの世で一番健気《けなげ》で、可愛らしい生き物だとおれは改めて思ったのだった。

第18話　二つ目の町

魔法陣を作った。リーシャとミラが着てるドレスの魔法陣。

もう一着作るのではない、それの素材であるあのサソリに用がある。

魔法陣から出てる矢印が町の外をさす。

「リーシャ、ミラ。ついてこい。念の為に万能薬を多く持っとけ」

「はい」

「取ってきます」

ミラが取ってくるのを待って、おれたちは出発した。

三人で、荒野を進む。

「しかし、ただ歩くのはしんどいな」

「おぶりますか？　ご主人様」

リーシャが提案する。

提案した彼女もミラもワクワク顔をしてる。……おぶりたいのか。

「やめとく、様にならん」

「そうですか」

「残念です」

二人は台詞《せりふ》通り、とても残念がった。

だがそこは譲れない。おれも台詞通り、様にならないって思ってるからだ。

ご主人様が奴隷におんぶされるのは見た目が最悪過ぎる。

「神輿《みこし》とかなら考えないでもないんだが」

「神輿ですか？」

「こんな感じでな」

立ち止まって、地面につま先で簡単な絵を描く。

四人の人間が神輿を担《かつ》いで、上に一人の人間が乗ってる。

言うまでもなく上に乗ってるのがおれで、これなら多少は格好がつく。

「わあぁ」

ミラの口からため息が漏《も》れた。目のキラキラが今までで最大級になった。

やりたいのか、これ。

「できるようになったら作ってやる」

「「はい！」」

ミラだけじゃなくてリーシャも大声で答えた。

ま、できるようになったらな。

「でもまあただ歩くってのはしんどいな。乗り物とか作れるようになったら作っとこ」

「ご主人様ならきっとすぐですよ！」

奴隷の二人と雑談しながら進む。

朝出て、昼を過ぎて、夕方になる。

夕焼けのなか、町が見える。矢印がさす先に外壁を持った町が。

この世界にやってきてから初めて見た町である。

「人が住んでるのでしょうか」

「行ってみましょう！」

頷《うなず》き、奴隷の二人と一緒に向かっていく。

途中で足を止めた。

「助けて！　誰か助けてー」

助けを求める声が聞こえた。

奴隷たちとアイコンタクトをかわして、おれは町の中に向かって駆け出したのだった。

☆

ビースク。

住民は約千人、邪神が倒れた後の世界では最大級の町である。

イリヤの泉に守られ、この荒廃した世界の中で、苦しいながらも何とかやってこれた。

それなりの平和と安穏があった。

それが一気に崩れた。

イリヤの泉が急に機能を停止したのがきっかけでモンスターが襲ってきたのだ。

モンスターは——一匹だった。

最初はこんなものたいしたことないと武器を取って果敢《かかん》に挑んでいった町の住人が次々と傷つき倒れていった。

女や子供は逃げ惑《まど》い、町の教会の中に追い詰められる。

「みんな大丈夫？」

中年の女、イーヤの問いに全員が頷く。

ここにはイーヤを含めて五人の人間がいる、全員が女だ。

「なんなのあれは？　あんなの見たことない？」

「あれに……みんなやられたの？」

「お父さん……お母さん……」

全員が浮かない顔をしている。

「ねえ、だれかあのモンスターに人がやられたところを見てない？」

「あたし見てる」

女の一人、十代半ばくらいの少女が手を上げた。

「やられた後どうなった？」

「うん、サルになった」

「やっぱり」

女二人が頷き合った。

「あのモンスターにやられた人間がモンスターになってた」

「じゃあ、わたしたちも？」

「そうだろうね」

「そんな……」

絶望が教会の中に広がる。

殺されるだけではない、殺された後もモンスターにされて生きていくのだという現実がより深い絶望を突きつけた。

「もうこの街はダメかもしれないね。ここから出た方がいい——」

イーヤが喋《しゃべ》り終わらないうちに、それがやってきた。

教会の扉を破って入ってきた。

「あああ……」

「来たわ」

「あの悪魔よ……」

絶望とあきらめが広がる。

女たちの前にそれが現れた。一匹でビースクの町を壊滅させた小さな悪魔。

夕焼けの中、うっすらと緑色の光を放つサソリ。

それが、町を壊滅させた張本人だ。

「あたしが食い止める、あんたらは裏から逃げな」

イーヤは長いすを持ち上げて、構えた。

「でも」

「いいから」

そんなイーヤにサソリが飛びかかった。

イーヤは反撃しようとした――が、ただの人間である彼女は何もできなかった。サソリに刺され、そこが一瞬にして腫《は》れ上がり、溶けていく。

完全に溶けた後、それがうごめき、粘土のように形を変えていく。

凶悪な顔、長い爪のサル。

シュレービジュ、というモンスターにイーヤは変わった。

「あああ……イーヤさんまで」

残った女たちは逃げる気力すら奪われた。

その場にへたり込んで、絶望の顔で、その時を待つ。

サソリは、やはり悪魔だった。

死刑宣告されたにも等しい女たちにすぐに飛びかからず、ゆっくり近づいていく。

ビースクを単身で壊滅させたサソリは、まるで女たちの絶望を楽しんでいるかのようだった。

「だ、誰か助けて……」

助けを求める声も弱々しかった。

サソリの顔がちょっと変わった。まるで、女をあざ笑うかのように。

そして、飛びかかっていく。

死が――訪れなかった。

金属音が響く、サソリの小さな体がはじき飛ばされる。

見ると、地面に一振りの剣が突き刺さっていた。

二つの宝石をはめ込んだ、珍しい剣。

「間に合ったか」

教会の入り口に男の姿が見える。

夕焼けの中、逆光を背負うそれは、女たちには救世主に見えた。

☆

地面に突き刺さったエターナルスレイブ改をゆっくり引き抜く。

はじき飛ばされたサソリがこっちを見てる、じりじり動いて警戒してる様子。

こいつを探しに来たけど、まさかこんな現場に出くわすとは。

「あ、あなたは？」

数少ない生存者らしき少女が聞いてきた。

「名乗るほどのもんじゃない、それよりも逃げろ、ここはおれが何とかする」

「で、でも」

少女が何かを言おうとする。サソリが飛びついてきたのでエターナルスレイブ改ではじいた。

サソリの体が壁にぶつかって止まる。

「早く行け」

「で、でも」

「イーヤさんが」

「イーヤ？」

「それ」

女たちが揃って指をさした。

そこにサルがいた。シュレービジュ、人間に戻るサル。

「……それ、お前たちの知りあいか？」

「はい、モンスターにやられてそうなったけど……」

「イーヤさんなんです、本当なんです！」

「そうか。あのサソリにやられてサルになったのか。町の人間が少ない上に死体も見当たらないと思ったらこういうことか」

きっと全員、殺されて片っ端《ぱし》からサルにされたんだろう。

「リーシャ」

「はい」

おれの号令でリーシャが矢をつがえてサルを狙った。

「やめて！」

少女が止めようとするが、おれの命令に忠実なリーシャはためらわず矢を放った。

矢がサルの脳天を貫く。

サルは後ろ向きに倒れた。

「あああああ」

「イーヤさん」

女たちが嘆《なげ》く。直後、変化が現れた。

おれにはすっかりおなじみになった変化。

なんと、サルが人間に、中年の女に戻ったのだ。

「イーヤさん！」

女たちがイーヤに駆け寄る。

「それでいいだろ？　早く逃げろ」

「はい！」

女たちが逃げ出した。

「リーシャ、お前はあっちこっち見てこい。サルを任《まか》せる」

「はい！」

「ミラはこっちだ」

「はい」

エターナルスレイブの水色の宝石に触る。ミラが剣に吸い込まれて、刀身が変化する。

魔法の刀身になったエターナルスレイブ改を構えて、サソリに向かっていく。

サソリがじりじり下がった。まるで怯《おび》えてるみたいだ。

そして横っ飛び――出口に向かって突進。

逃げ出した！

「逃がさん！」

追いつき、上段から剣を振り下ろす。

直後、おれも驚いた。

まるでバターを切るかのようにサソリのハサミが切断された。

あれほど苦戦したサソリがザコのように感じられた。

(ご主人様すごい！)

剣になったミラが大興奮して言った。

すごいのはお前だけどな。そんなことを思いながら、サソリにトドメを刺すために剣を振り下ろした。

☆

夜、ビースクの町、壊れたイリヤの泉の前。

DOREC《ドレカ》Aを使って修復すると、町全体に「安心感」が戻った。

後ろから歓声が聞こえる。

そこにいる数百人の住民が一斉にあげた喜びの声だ。

振り向く、盛大に沸いてる彼らを見る。

「ありがとうございます!」

一人の中年男がおれの前にやってきて言った。

「お前は?」

「町長の息子のアガフォンと言います」

「そうか、町長は?」

「父の姿は見えません……父だけではなく、他にもいないものがかなり」

「まあ、どっかにはいるだろ。話は聞いてるな?」

「はい、モンスターにやられるとあのサルになるのですね」

「ああ、で、倒したら人間に戻る。これからはあのサルを見かけたらどんどん倒していくといいだろう」

「わかりました。ありがとうございます」

アガフォンはもう一度頭を下げて、その後言葉を続けた。

「それでアキトさん、ご相談があるのですが」

「なんだ」

「この町の町長になってもらえませんか？」

「町長、おれが？」

ちょっと驚いた。

「みんなと相談した決めたことです。モンスターを倒したり、イリヤの泉を事もなげに直すその力。是非町長になって、わたしたちを導いてほしいと……もちろん、アキトさんがよければですが」

「別に構わないが……おれはもう別の町の町長だぞ、それでもいいのか？」

「はい」

「「「お願いします」」」

男の背後にいる町の住人が声を揃《そろ》えて言った。

どうしても、おれになってもらいたいという気持ちが伝わってきた。

そういうことなら、断る必要はない。

「わかった、なってやる」

答えた瞬間、町の住人たちから再び歓声が上がった。

そして。

――レベルアップ！　ブロンズカードがシルバーカードに進化します。

chapter THREE 第三章

シルバーカード

SILVER CARD

第19話　復興と防衛

ビースクの町で、DORECA《ドレカ》のシルバーカードを使った。

カードの能力の一つ「修復」を使って、壊れた教会にかけて、奴隷の二人に素材を集めてきてもらった。

そうして元通り——いや元以上に、新品同然に戻った教会を見て、町の人々が歓声を上げた。

「こ、これは？」

驚くアガフォンに答える。

「おれの能力、ちょっとした魔法ってところだ。ものを作ったり、壊れたものを直したりすることができる魔法だな」

「他のものも直せますか？」

「直せる……片っ端《ぱし》から魔法をかけていく、それに必要な材料は魔法の光が導いてくれるから、お前が指揮をとってみんなにやらせてくれ」

アガフォンは元町長の息子、ここは任《まか》せた方がいいと思った。

おれは街中を回って、モンスターに壊されたものに片っ端から「修復」をかけた。

魔力がごりごり減ったが、まあチャージされるから問題ない。

あらかたかけ終わってから、アガフォンに聞く。

「そういえば食べ物はどうしてる。一通り回ってみたけどそういうものが少ないように感じたが」

「そうなんです……この荒廃した世界、満足に食料を確保するのも難しくて」

「そうか、こういうのもあるんだ」

メニューの中からプニシーを出して、作った。

「これは？」

「食べてみろ」

「はい……うげっ、なんだこれは、ものすごくまずい」

「味はそうだ。腹は？」

「腹？　あっ、腹がふくれて……」

目を見開かせて驚くアガフォン。

「そういうものだ、味は悪いがとりあえず腹はふくれる。これも大量に作ろうか」

「お願いします！」

アガフォンは腰を直角に曲げる勢いで頭を下げた。

衣食住。やはり食で一番苦労してるみたいだ。

そこにプシニーの魔法陣を作った。

シルバーカードになって増えたリストの中に消費魔力11の「プシニー×10」がある。

消費魔力一割増で、まとめて作ることができる。

それを大量に魔法陣にして、後は任せた。

家の修復、そして食料の確保。

魔法陣を出した後はアガフォンの指揮に任せた。

「ご主人様」

「わたしたちも手伝った方がいいですか？」

リーシャとミラが聞いてきた。

表情からして手伝いたいらしい。

「適当にどっか手伝ってこい」

「「はい！」」

二人は喜んで手伝いに走った。

おれは動き回る人々を見た。

町の人たちは動き回りながらも、おれの前を通るときは会釈《えしゃく》したり、目礼をしてきたりする。

ほぼほぼ全員に感謝、それか尊敬の目で見られてる。

悪くない気分だ。

そういうことなら、もっと何か作ってやろう——と思ったその時。

「なんだぁ？　これは」

突然聞き慣れない声が聞こえた。

チャラい感じの、まるでチンピラのような声。

振り向くと、声だけじゃなくて格好までチャラい男がいた。

「ルキーチ様」

様？

アガフォンが下手《したて》に出て、ルキーチという男の前に立った。

「おう、なんだこれは？　こんなにバタバタして何があったよ」

「じつは……モンスターに襲われて」

「モンスターだぁ？　どうなった」

「はい、協力を得てなんとか撃退しました。それで今町の修復を――」

「ならどうでもいいわ」

ルキーチはアガフォンの言葉を途中で遮《さえぎ》った。

アガフォンは一瞬不快そうな顔をしたけど、すぐにまた元の表情に戻った。

というか、なんだあれは。

「あれはね」

横からイーヤが説明してくれた。

「この辺にあるいくつかの町を束ねてるマラートってヤツの弟だ。マラートは……そうだね、一〇の町を支配してる領主みたいなもんさ」

「なるほど」

領主の弟で、支配下の町に来て威張《いば》り散らしてるってことか。

イーヤが説明してくれる間も、アガフォンとルキーチの話が続く。

「今日はよう、通達に来たんだ」

「通達、ですか」

「お前はたしか町長の息子だったよな。それならちょうどいい。守《も》り代《だい》を一割上げることになったから、そこんとこよろしくな」

「なっ――」

アガフォンが言葉を失う。集まってきた町の人々がざわめく。

「守り代って?」

今度はおれの方からイーヤに聞いた。

「マラートの傘下《さんか》に入る代わりに、月々守り代を払ってるんだ。それで何かあったときに守ってもらうことになってるんだけど……」

だけど、の先は聞かなくてもわかった。

おれが来てなかったら町が全滅してたかもしれない、守り代なんて意味ないだろ、とイーヤが言いたいことを読み取った。

というか、まんまヤクザのみかじめ料じゃないか。

「待ってくださいルキーチ様。これ以上は払えません。そもそもモンスターの襲撃で町の住人が減ってるんです。今まで通りでも払えるかどうか……」

「払えねえのか」

「はい」

「じゃあ代わりに何人か連れていく。一、二、三……三人だ、若い女で、処女を連れてこい」

わかりやすい要求を突きつけてきたルキーチ。

アガフォンは押し黙った。

拳《こぶし》を強く握って、ぷるぷる震えてる。

腹は立つが、逆らえないって感じか。

「お？　なんだそれは、文句あんのか？」

「い、いえ」

「だったらさっさとつれてこいや。それか普通に守り代を払うか。どっちでもいいぜ、おれはよお」

「……くっ」

ますます悔《くや》しがるアガフォン。

さてどうするかな、口出ししたいけど、もっと詳しい状況がわからないうちにそれもなあ。

と、おれが悩んでるところに。

「ご主人様、あっちの家が――あれ」

それまでどこかを手伝っていたリーシャが戻ってきた。

おれに用があったようだが、場の空気を察して固まった。

「へえ、いいのがいるじゃねえか」

……は？

「お前、名前は」

「え？」

「名前はって聞いてんだ！」

「リ、リーシャです、けど」

「リーシャか。よし、お前が来い。お前一人で三人分にしといてやる」

「え、え、え？」

「エターナルスレイブなんだろ？　だった力のある男に――」

ルキーチはそう言って、リーシャに手を伸ばした。

おれは無言で進み、エターナルスレイブ改を抜き放つ。

下から切り上げて――ルキーチの腕を飛ばした。

「……はっ？」

何が起きたのかわからないって顔をするルキーチ。

わからせるつもりもない。

返す刀で首を刎《は》ねる。

魔力を込めたエターナルスレイブ改、ルキーチの首が音もなく刎ねられた。

最後まで何が起こったのかわからないまま、ルキーチの体が崩れ落ちる。

「ご主人様……」


――魔力が50000チャージされました。


リーシャは喜んだ。

「触られてないな」

「はい！　触られてません！」

「ならいい」

ルキーチの死体を見た町の住人たちの間で動揺が走った。

……カッとなってやった、反省はしてないけどフォローは必要だな。

赤い宝石に触れ、リーシャをエターナルスレイブ改に取り込む。

炎の刀身を振り下ろし、ルキーチの体をさらに刻む。

「やったのはおれだ、最後まで責任は持つ」

ざわめきが鎮《しず》まる。

ミラが騒ぎを聞きつけてやってきた。エターナルスレイブ改の刀身を水《ミラ》に変える。

軽い歓声が起こった。

「おれがこの街を守って――発展させる」

歓声が爆発的に巻き起こった。

第20話　町の武力

さて、マラートからこの街を守ると言ったが、具体的にどうしたもんかな。

「メニューオープン」

作成リストの中から魔法陣を作る。リーシャとミラが早速動きだして、あっちこっちから素材を集めてくる。

そうしてできあがっていくのは鉄の剣と、弓と矢だ。

「こういうものならすぐにできるんだけど……」

アガフォンたちを見た。

できたてほやほやの武器を見ても、町の人々は浮かない顔をしてる。

これじゃ武力として足りない、と言ってるようなものだ。

となるともっと何かがいるな。

もう一回メニューを開いて、シルバーカードになってから解禁されたものを見た。

その中に「ニートカ」というものがあった。

試しに触ってみた。横に動画のようなものが流れ出した。

「お、新しい機能か？」

動画を見た。どうやらニートカというのは投石機みたいなものだ。

ピッチングマシーンのようなもので、高速で石を投げ出す機械。

投げ出された石は目標の岩を粉砕している。

サンプル動画（？）を見て、これがいいと思った。

地面に魔法陣を設置して、素材を確認する。

「何々、トローイの腕一個に――」

「トローイの腕だって？」

アガフォンが声を上げた、他の住民たちもざわめきだした。

何人かは血相を変えるほど怯《おび》えている。

「そのトローイってなんだ？」

「巨人のようなモンスターだ。体は普通の人間の三倍、腕力は軽く見積もっても一〇倍ある」

「なるほど、その腕力を使うから素材がトローイの腕か」

「あれは……危険すぎる。マラートの傘下《さんか》に入ったのも、マラートの私兵がトローイから守ってくれるからだ」

「へえ」

みかじめ料を取るだけじゃなくて、ちゃんとある程度は働いてたんだ。

「とにかくトローイは危険すぎる、我々ではどうにもならない」

「そうか」

おれは魔法陣、その矢印の先を見た。

☆

荒野を奴隷の二人と歩いた。

もちろん、矢印に沿ってトローイを探しに出たのだ。

どうやらトローイはかなりの強敵だ。今までこういう時は奴隷の二人を置いてくるんだけど、今回は連れてきた。

もちろん、エターナルスレイブ改として使うためだ。

「トローイって、実際どれくらい強いのかな」

背後でミラがリーシャに聞いた。世間話のトーンだ。

「だいぶ強いみたいだけど」

「だけど？」

「ご主人様が勝つに決まってるわ」

おいおい、無条件でおれが勝つって言い切るのかよ。

「それはそうだけど」

ミラまでそれに同調した。

「だったら問題ないでしょ」

「うーん、そうかも」

リーシャとミラの世間話を聞き流しつつ、先に進む。

「ご主人様、あれ」

リーシャが真剣なトーンで言った。

魔法陣の矢印の先にそれがいた。

トローイ。

人間三人分……ざっと見積もって身長五メートルはあるだろうという巨人。

緑の体で、腰布を巻いている。

体全体が筋肉そのもので、いかにも強そうって感じだ。

「ねえご主人様、あのまわりに倒れてるのって……」

ミラが怯えた様子で言う。

「ああ、人間だな」

おれは頷《うなず》いた。

トローイのまわりに何人かの人間が倒れていた。

ぴくりとも動かなかったり、体がバラバラになってたり。

全員、息がないのは確かだ。

「二〇人くらいはいるわ」

「つまりそういう相手だってことだ」

「ご主人様……」

ミラが怯える、おれの服の裾《すそ》を摑《つか》んでくる。

「リーシャ、ミラ」

「はい」

「な、なんですか」

「どっちがより怖いの我慢できる？」

おれの質問に二人は顔を見合わせて、きょとんとなった。

おれは二人が答えるのを待った。

しばらくして、リーシャがおずおず手を上げて言う。

「怖いだけなら……わたし、我慢できると思います」

「そうか、じゃあガマンしてろ」

おれはそう言って、エターナルスレイブ改を抜き放って、青い方の宝石に触れた。

我慢できるというリーシャを残して、ミラを剣にして踏み込んでいく。

「あっ……」

リーシャの口から声が漏《も》れる。

複雑そうな感情が混じった声だが、その中に「羨《うらや》ましい」という思いが確実にあるのを聞き取った。

「我慢してろ、後で代わりに何かをしてやる」

「──はい！」

リーシャは喜んで、大きく頷いた。

おれはミラのエターナルスレイブ改を持ったままトローイに向かっていく。

向こうもこっちに気づいた、ドスン、ドスンと大地を踏みならしておれに向かってくる。

改めて間近で見ると迫力があるな。

（こ、怖い……）

剣になってもミラはちょっと怯えていた。

何も言わずに、代わりに柄《つか》を握る手に力を込めてやる。

（あっ……）

それだけで安心したのが伝わってきた。

さて。

「グオオオオ!!!」

雄叫《おたけ》びとともにトローイが腕を振り下ろしてきた。

エターナルスレイブ改を水平に頭の上に掲《かか》げて、受け止める。

「むっ」

体にずしりときた。

衝撃が体を通って地面に突き抜ける。

両足を中心に、地面が放射線状にひび割れた。
「さすがにパワーはすごいな」
改めて倒れた人間どもを見る。
中には一部、ペチャンコになって原型を留《とど》めてないのもいる。
人間が豆腐《とうふ》やバターをつぶそうとしたってあそこまで綺麗にはつぶれない。
「グオオオオオオ!!!」
トローイは両腕を振り上げた。
手を合わせたハンマーパンチを振り下ろす。片手がダメなら両手で、ってことだ。
単純、それ故《ゆえ》明快。
同時に、それがこいつの限界だと理解した。
魔力をエターナルスレイブ改に込めた。
（あっ……んっ……）
刀身が輝きだす。
ミラを振って真っ向からトローイの腕を迎え打つ。
二本の腕が――空高く舞い上がった。

☆

ビースクの町、その外周。

一列に並べられたニートカ一〇基を、同じく一〇人の町の住民が操作していた。

「じゃあ、アキトさん」

アガフォンがおれを見る、おれは頷く。

「てぇ――――!」

号令の直後、ニートカが轟音《ごうおん》を立てた。

一〇基のそれから一斉に発射された拳大の石がマト用に作った木の家に一斉に当たり、粉々にした。

「すげええ!」

町の住民から歓声が上がった。

「これならマラートたちが来てももう怖くねえぜ」

「いや、トローイでも大丈夫だ」

「ここに人を常駐させようぜ」

皆が盛り上がった。手にした「兵器」に大興奮してるみたいだ。

「これでとりあえず防衛は何とかなるだろ。もう何基か作る予定だ、配置する場所は考えておいてくれ」

「わかりました」

アガフォンが大きく頷く。

アガフォンも、他の町の住民も。

感謝の目と、まだ作ってくれるのかという尊敬の目でおれを見た。

それを背に受けて、おれは奴隷たちのもとに戻った。

「よく働いた、ミラ」

「えへへ」


——魔力が10000チャージされました。


ミラの頭を撫《な》でつつ、リーシャを見る。

「リーシャもよく我慢したな。さっきの約束だ、何かしてやる」

リーシャは驚き、それからはにかむ。

「何をしてほしい？」

言いつけを守ってガマンした奴隷に、何かご褒美《ほうび》を与えたかった。

第21話　奴隷の健気

「その……」

「うん？」

リーシャはもじもじして、それから言った。

「ご主人様と一緒に狩りに行きたいです」

「狩りに？　ああ、これのことか」

エターナルスレイブ改を掲《かか》げてみせた。

リーシャが頷《うなず》く。

剣になっておれに振るわれたいってことか。

それが望みなのか、いじらしいな。

「いいぞ。じゃあトローイ以外の何かで」

おれは魔法陣のレーダーで探せるモンスターを頭の中で考えた。

トローイ相手は酷だから、ここはシュレービジュでも探すか。

あれは弱い分、数を重ねられる。いわゆる「無双」がやりやすい。

剣にしたリーシャをより多く振るうためには格好の相手だ。

「あの、ご主人様」

「なんだ、今度は」

「わたし、ト、トローイでも」

おずおずと話すリーシャ。

怯《おび》えてるけど、それでも望むなら我慢できるって顔だ。

「……」

おれは迷った。

どっちの方がよりリーシャが喜ぶのか迷った。

弱い相手を探して無双するのか、それともさっき彼女が怯えてた相手の狩りにあえて連れていくのか。

どっちの方がより喜ぶだろう。

「じゃあ……トローイの方に行くか」

「――はい！」


――魔力が5000チャージされました。

正解だったのかな、これ。

そんなことを思いながらミラの方を向く。

「ミラ、お前はここで待ってろ」

「はい！」

ミラは背筋を伸ばして「気をつけ」のポーズをした。

その横に魔法陣を張った。

ニートカを作る魔法陣だ。

素材をさし示す魔法陣、それがトローイを探すレーダーになる。

「行くぞ」

「はい」

リーシャをエターナルスレイブ改に取り込んで、出発した。

☆

地面にトローイの死体が転がっている。

遭遇するなり、問答無用で切り捨てたから。

「怖くないか」

（はい）

聞こえてくるリーシャの声は本当に怖がってないみたいだ。

ちらっとエターナルスレイブ改を見る。

燃え盛る炎の刀身。

恐怖よりも戦意が高まっているようなイメージ。

「……お前」

（はい、なんでしょう）

「出発したときよりも炎が強くなってないか？」

エターナルスレイブ改を掲《かか》げた。

今度は目の前でまじまじと観察した。

やっぱり気のせいじゃない。リーシャを取り込んだ炎の刀身は出発直後よりも激しく燃えている。

（そうなんでしょうか、わたしにはよくわかりませんが）

「ふむ」

けろっとリーシャが答えた。

何か隠してる様子でもなし、本当にわからないって感じだ。

そんなリーシャを連れて、更にトローイを探して回った。

魔法陣のレーダーがあるから、すぐにまたエンカウントした。

「行くぞ」

（はい！）

トローイに向かって駆け出す。
巨大なモンスターはこっちに気づいて、雄叫《おたけ》びを上げて立ち向かってきた。
人間の数倍――バスケットボールよりも一回り大きい拳《こぶし》で殴《なぐ》りつけてくる。
それをあえて避けず、受け止めず、真っ向から切りつける。
巨人の拳と炎の剣。
衝撃波が辺りを走る。
「はあああああ！」
気合と、魔力を込めた。
柄《つか》を握ったまま振り抜く――拳が真ん中から切り裂かれ、腕を縦《たて》にさいた。
絶叫を上げるトローイ。そのまま飛びかかって首を刎《は》ねた。
エターナルスレイブ改を持ったまま着地、炎の刀身が更に燃え盛る。
（さすがご主人様です）
感動したというような言葉が聞こえてきた。
その言葉で、おれはある推測をたてた。
それを試したくて、更にトローイを探す。
数分歩いて、エンカウントする。
獰猛《どうもう》な性格のトローイは向こうから襲いかかってきた。
おれは動かない、その場に立ちつくす。

（ご、ご主人様？　モンスターが襲ってきます）
怯えるリーシャ、刀身の炎の勢いが弱まる。
トローイが豪腕を振るってくる。
ぶおおおん、という音が耳をつんざく。
右手でエターナルスレイブ改を握ったまま、魔力を込める。
そして、左手を突き出す。
どぉーん！
轟音《ごうおん》が響く、トローイの拳を左手で受け止めた。
みしっ、という音が体の中から聞こえた。
ずしりとした感触、だが魔力を多めに練り上げたおかげでたいしたことはない。
それよりも。
（すごい……すごい……すごい……）
リーシャが壊れたラジオのように同じ言葉を繰り返した。
「どうだ？」
（素手で受け止めるなんて、さすがご主人様です！）
感極まって、興奮気味に言った。
瞬間、炎の刀身が輝きだした。
炎の勢いが大きくなった。

さっき以上に、今日一番に。

炎が、燃え盛っていた。

どうやらおれのことをすごいって感じると勢いが増すみたいだ。

可愛いな。

そうでなくても興奮してるのは明らかだ。

「リーシャ」

（はい）

「もっと行くぞ、ついてこい」

（はい！）

リーシャは大興奮した様子で答えた。

☆

リーシャを奴隷《にんげん》の姿に戻して、一緒に歩いてビースクの町に戻る。

DORECA《ドレカ》を持って、メニューを開く。

結局、彼女と一緒に数十体のトローイを倒した結果、得られた魔力は7万くらいだった。

内訳は戦闘中のあれこれで約2万、終わった後に元の姿に戻ったときに「ご苦労」とねぎらったら5万だった。

その内訳がますます健気《けなげ》だから、おれは歩きながら折り紙を折って作ったメダルをリーシャに渡した。

「ほら、これをやる。今日はよく働いてくれたから、ご褒美《ほうび》だ」

「あっ——ありがとうございます！」

——魔力が10000チャージされました。

リーシャは紙のメダルを大事そうに抱《かか》えた。

「ちゃんと保管しとけよ。一〇個集めたら更にご褒美でいいことしてやる」

「はい！　ご主人様のためにがんばります！」

そう話すリーシャとゆっくり歩く。

ビースクの町に戻ってくる。

町の住人が日常の生活に戻りつつあるビースク。

その中で、ミラが「気をつけ」をしている。

ビースクを出た時とまったく同じところで、同じ格好で「気をつけ」してる。

「ミラ？」

「あっ、ご主人様」

ミラの前に立つと、目をきらきらさせた。

何かを期待する目。おれの目にはイヌがしっぽを振ってるように見えた。

すぐにわかった。

ここしばらくのことで、奴隷達が何を求めてるのか理解した。

「言いつけ通りよく待ってたな、楽にしていいぞ」

「はい！」


——魔力が100000チャージされました。

ミラは目を輝かせて、リーシャは羨《うらや》ましそうな目で後輩奴隷を見つめていた。

第22話　ご主人様の見栄

ビースクで大量にプシニーを生産した。

シルバーカードになって、消費魔力11で一〇個をまとめて作れるようになって、それをひたすら作った。

ビースクの住民数はおれの作った町に比べて桁違《けたちが》いで、一個一個作ってたら大変なことになるからな。

今も、おれが片っ端《ぱし》から魔法陣を張って、リーシャとミラがせっせと素材を放り込むことで何とか生産が追いついている。

「うん？」

「どうしたんですかご主人様」

おれの手が止まる、リーシャが不思議そうに見つめてくる。

「ここの町の名前ってビースクだよな」

「はい、そう聞きました」

「あっちの町は？」

「あっち？」

「ほら、マドウェイたちがいるあっちの町だよ」

「そういえば……なんでしょう」

「わたし知ってる」

ミラが言う。

「知ってるのか？」

「うん、マドウェイとヨシフが相談してるの聞いたの。アキト、って名前にするらしい」

「おれの名前を？」

「素晴らしいです」

リーシャは手を合わせて目を輝かせた。

「いやいや目をきらきらさせない。ってか、なんでおれの名前にしようとしてるんだ？」

「えっと、ご主人様が一から作った町だから、ご主人様の名前にするのが当たり前だって」

「そうですよね！」

リーシャが強く同調した。

話はわかるが、だからって町に自分の名前がつくのは恥ずかしい。

「……」

恥ずかしいけど、悪い気分ではない。

複雑だ。

「アキトさん」

アガフォンがやってきた。

「どうした」

「ゲラシム……あっ、隣のカザンっていう町から知りあいが来たんだ。町長に話があるって言ってるけど、どうする」

「会おう」

なんだかわからないけど、とりあえず会おうと思った。

アガフォンと一緒に、この町でのおれの家、町長の家に向かった。

まだ一度も寝泊まりしてない家の前に一人の男がいた。

若くて、線が細い華奢《きゃしゃ》な男だ。

「ゲラシム、町長のアキトさんを連れてきたぞ」

「あれ？　町長はアガフォンのお父さんだったんじゃ？」

「いろいろあってな、今はこのアキトさんがビースクの町長だ」

「いろいろ、ですか」

「いろいろだ」

それだけでなんか伝わったらしい。

ゲラシムはおれの方を向いて、真顔でいきなり頭を下げた。

「お願いします、食料を分けて――貸してもらえませんか！」

「食料を？　どういうことだ」

「はい、実はここ最近我が町の狩りの成果が思わしくなくて。それで生活がどんどん苦しくなっていって——その上マラートに支払う守《も》り料で……いよいよ立ちゆかなくなって」

「ああ」

なるほど、と頷《うなず》くおれ。

というか、それって農民一揆《いっき》のパターンじゃないのか？　こいつらよくガマンしてるよな。

普通はもう、マラートとやらに対して反乱を起こしてるところだ。

民衆の反乱って大抵、食えなくなった最後の最後に起こるものだからな。

「お願いします！」

ゲラシムがもう一度頭を下げて、強く頼んできた。

おれの間《ま》を難色と捉《とら》えたんだろう。

「わかった、食料を分けよう」

「本当ですか！」

「腹はふくれるが味は保証できないものでよければな」

「あれをですか」

プシニーのことを知ってるアガフォンがはっとしたように言った。

「ああ。そのことは任《まか》せたアガフォン。こっちは生産を続けるから、お前は必要な分を向こうの町に運んでくれ」

「わかった！　……ありがとう」

ゲラシムだけじゃなくて、アガフォンにまで礼を言われた。

☆

次にアガフォンを見たのは、ケガをして逃げ帰ってきた姿だった。

町の入り口で騒ぎになっていたので駆けつけると、彼が血まみれになって倒れてるのが見えた。

まわりを町の人が取り囲んでいる。それらをかき分けて、真ん中に進む。

「リーシャ！」

「あります！」

リーシャは懐《ふところ》から万能薬を取り出した。最近は彼女たちに常に持たせることにしてる。

万能薬を受け取って、アガフォンに使う。

みるみるうちにケガが治っていった。

「「おおおおお」」

まわりから歓声と、安堵《あんど》の声が漏《も》れた。

「こ、これは……？」

アガフォンは起き上がって、自分の手をじっと見つめる。

「それより何があった、なんでケガをして帰ってきた」

「そうだ！　マラートだ！」

「マラート？」

「ああ。食料をゲラシムの町に運ぶ途中、マラートの部下に襲われたんだ。食料は焼き払われて、おれは何とか逃げてきた」

「マラート……」

「あれから何度かビースクに攻めてこようとしたけどお前の作ってくれたニートカで追い返した。それで油断してしまった」

「……」

すでに襲ってきてたのか。

まあ、マラートの弟のルキーチってヤツを殺したんだ、何もない方がおかしいか。

「どうしよう」

「マラートが攻め込んでこれないのはいいけど、こっちも町の外に出られないんじゃそのうち町そのものが干上《ひあ》がっちまうぞ」

「なんとかしないと」

「なんとかってどうするんだよ」

町の人たちが口々に言い合った。

全員、顔に焦《あせ》りがある。

「アガフォン」

「な、なんだ」

「倉庫に行って、もう一回プシニーを運び出してこい。ゲラシムのところに運ぶ分をだ」

「だ、だが」

「おれが護衛する」

エターナルスレイブ改を掲げてみせた。

アガフォンははっとして、すぐに動きだした。

☆

夜、ビースクを出た荒野。

プシニーを満載した手押し車と一緒になって進んだ。

アガフォンほか数人の男がそれを押している。

「で、出た！」

アガフォンの怯《おび》えた声が聞こえる。

その目線をたどった先から一〇人くらいの集団がこっちに向かってきてるのが見えた。

集団は何かに乗っている。ぱっと見二足歩行の何かだが、よく見ると馬のような生き物だ。

二足歩行の馬。それに乗ってこっちに向かって突進してきた。

「うっひゃああ！」

「また懲《こ》りずにやってきたのかあ！」

「燃やせ燃やせ燃やせぇえええ」

なんか世紀末な集団だった。

そいつらは馬（？）に乗ってるせいか全員が長い槍《やり》を持ってて、一部はたいまつを持ってる。

襲って、焼き払うつもりだ。

「ど、どどど、どうすれば」

一度襲われてるアガフォンがひどくうろたえた様子でおれに聞く。

「そのまま進め、何もしなくていい」

「だ、だが」

「そのままだ」

おれは言って、世紀末集団に向かっていった。

――こんな奴らが。

「ご主人様」

「どっちにしますか？」

「跡形もなく燃やす。だからリーシャだ」

「わかりました」

エターナルスレイブ改にリーシャを取り込む。

――こんな奴らに。

集団の先頭と激突する。

「どけどけどけ、さもなくば踏み殺すぞ」

男はそう言った、が最後の言葉を発したとき、体がすでに真っ二つになっていた。

交錯した瞬間に、横薙《よこな》ぎ一閃《いっせん》。

炎の刀身が男を両断した。

「――は？」

驚く男、次の瞬間、分離した上半身と下半身が同時に燃えだした。

「うぎゃあああああぁぁぁ……」

悲鳴、しかし尻《しり》すぼみに消える。

一瞬だけ大きかった悲鳴がすぐに炎に包まれるように消えていった。

男は灰になった。他の男が馬を引いて、おれを驚愕《きょうがく》した顔でじっと見つめる。

「な、なんだおまえ――」

もう一人の男が言うが、最後まで言わせなかった。

同じように一刀で切り伏せ、灰にした。

――こんな奴らのくせに。

(ご主人様……怒ってらっしゃる？)

剣になっておれと繋《つな》がったリーシャが不思議そうにつぶやく。

おれは冷静になろうとした、感情が高ぶりすぎて、それを彼女に悟られないようにした。

さっきのプシニーが焼き払われた……彼女達の魔力がまったくの無駄になったことで怒ってることを知られるのが恥ずかしかった。

しかし。

心をつとめて冷静に、おれは残った八人を全員跡形もなく燃やし尽くした。


——魔力が２００００チャージされました。

——魔力が２００００チャージされました。


どうやらバレバレだったようだ。

第23話　先制攻撃

プシニーをゲラシムの町・マガタンに運んだ。

「ご主人様……」

リーシャがおれの服の裾《すそ》をぎゅっと掴《つか》んだ。

気持ちはわかる。

マガタンはビースクと違う意味でひどかった。

ビースクが壊滅しそうになったのはモンスターに、あのサソリに襲われたからだ。

このマガタンはそうではなく、自然に、貧しさに負けて寂《さび》れていく感じだ。

町に入った瞬間目に映った何人かの住民はほとんど身なりがみすぼらしくて、建物もぼろぼろだ。

「最初の頃のマドウェイみたい」

おれもそれを思っていた。

マドウェイ、おれがこの世界に来て初めて会った、荒野のど真ん中で一人で暮らしていた男の名前。

マガタンの住民は全員そいつと同じレベルでひどいことになっていた。

「来てくれたんですね！」

ゲラシムが小走りでやってきた。

顔に隠しきれないほどの喜びの色が見える。

「ああ、食べ物を運んできた」

「こんなに……ありがとうございます！」

「言っとくがまずいぞ。腹がふくれるだけの代物《しろもの》だ」

「それでも、ありがとうございます！　早速皆さんに配ってもいいですか」

「好きにしてくれ。アガフォン、お前も手伝ってやれ」

「わかった」

ビースクの町から一緒に来たアガフォンたちが、マガタンの住民にプシニーを配っていった。

住民が集まってくる、配られたものを食べる。

腹がふくれるだけのものを、みんな笑顔で食べていた。

「……なにかやっとくか」

つぶやき、町の方を向くおれ。

そこに、リーシャとミラが一緒に話しかけてきた。

「家を建て直しましょう」

「服をいっぱい作ろう」

二人は意見が違った。だがどっちも正しい意見だ。

「ごめんなさいご主人様」

「ごめんなさい……」

意見が分かれたことでもうしわけなさそうにする二人。

おれは二人の頭《ぱし》を同時に撫《な》でて、笑顔で言う。

「魔法陣を片っ端から作っていく。数が多いから、お前たち二人はきりきり働け」

「――はい！」

「わかりました！」

二人は笑顔になって、ＤＯＲＥＣＡ《ドレカ》に少量の魔力がチャージされた。

おれは宣言通り魔法陣を片っ端から作っていった。

まずはぼろぼろになった家や建造物に修復の魔法をかけて、それから町の住民の人数を聞いて、それの倍になる服の魔法陣を作った。

衣食住、今この町に必要なことを、丁寧《ていねい》にやっていった。

☆

「ありがとうございます、本当になんとお礼を言えば」

ゲラシムがおれに頭を下げる。

その横で、町の人々がいまだに動き回ってる。

腹がふくれて、素材を集めてくるだけで家が新しくなったり、服ができたりすることを知って、みんなはりきってるのだ。

「あとで武器も作ってやる。こう言っちゃなんだが、あのプシニーを喜んで食べられるのは今のうちだ。あれは普通の暮らしをしてたらまずく感じる代物《しろもの》、最低限の暮らしを確保したら自力で狩りなりなんなりしろ」

「はい、もちろんです！　本当にありがとうございます、アキトさんのおかげで、この町もなんとか……」

ゲラシムは涙ぐんだ。感謝されるのは悪い気はしないが、男に泣きながら礼を言われるのはちょっと気持ち悪い。

やることはやったし、これ以上気持ち悪いことになる前に引き上げようと思ったその時。

「あーら、なんなのかしら、これぇ」

町の入り口から更に気持ち悪い声が聞こえてきた。

見ると、二足歩行の馬に乗ってる筋肉ハゲが何人もの部下を引き連れて、我が物顔で町に入ってきた。

手に鋼《はがね》の鞭《むち》を持って、それをビシバシ鳴らしている。

「なーんかリッチになってるわねえ。この前もう出せるものがない、とか言ってなかったかしらん？」

オカマかお前は——ってくらいの気持ち悪い口調で喋《しゃべ》る筋肉ハゲ。

そいつはゲラシムの前に立って、彼をにらみつけた。

「これえ、どういうことなのお？」

「マルコヴィチ様……いえこれは」

「おいアガフォン、あいつは誰だ」

聞こえないように、アガフォンに小声で聞く。

「マルコヴィチ、マラートの腹心の一人で——最強の男だ。その力は山を裂き、速さは音を追い越すと言う」

アガフォンは怯《おび》えた顔で答えた。

なるほど、またマラートの部下の登場か。

マルコヴィチはまわりを見回した。

住民もそれに気づいて、手を止めて、近づいてきて遠巻きに事態の成り行きを見守る。

「まあねえ、あんたたちがどういうつもりで町を綺麗にするのか、あたしの知ったこっちゃないわ。人間、いい暮らしができるのが一番だものね」

「あ、ありがとうござ——」

「で・も」

マルコヴィチはゲラシムの言葉を遮《さえぎ》った。

「綺麗な町というのは、それだけ価値があるということ」

「え？」

「つ・ま・り、守るための料金も高くなる、そう思わない？」

「……そんな」

ゲラシムが絶望の表情を浮かべた。その空気が他の町の住人にも伝染していく。働けば暮らしが良くなるという喜びを味わった直後に、そのせいで守《も》り料が高くなるという無理難題を突きつけられた。

「次回から、今までの倍ね」

「そんな！　そんなに払えません！」

「い・い・わ・ね」

「そ、そんな……」

ゲラシムがますます絶望の色を濃くした。

……見てられん。

「おいオカマ野郎」

「あああん？」

おれは前に出た、マルコヴィチはドスを利《き》かした声を出しておれの方を向いた。

「あら、いい男じゃない。あなた、名前は？」

今度は猫撫《ねこな》で声になった。全身が粟立《あわだ》った。

「町はおれが直した」

「あらん？」

マルコヴィチの目の色が変わった。

今度は違う意味で、品定めするような目でおれを見る。

こっちはそんなに気持ち悪くなかった。

「あなた、名前は？」

「アキト」

「そう。で、これはどういうつもりなのかしら？」

「どういうつもりか」

おれは考えた、そしてまわりの住民を見た。

ここまで関《かか》わった以上、見捨てるのもなんだかなと思った。

それに、もともと町を大きくして、いずれ王になるのが目的だ。

ならば。

「このマガタン、それに隣のビースク。おれがもらうことにした」

「なんですってぇ」

マルコヴィチがおれを睨《にら》む。

「あなた……自分が何を言ってるのかわかってるの？」

「ああ」

「マラート様の恐ろしさを知った上で言ってるのよね」

「……」

「そう、いいわ。あたしがどうこうできる話じゃないから、マラート様のところに持ち帰ってあげる」

マルコヴィチは馬を引いて、来た道を引き返した。

この場はいったんこれで――。

「なーんてね！」

マルコヴィチが急反転した！　馬に乗ったままこっちに向けて鋼の鞭を振ってきた。

しなって風を引き裂く鋼の鞭。

「ふっ！」

エターナルスレイブ改を抜き放って、切り払った。

「ミラ！」

「はい！」

同時に青い宝石に触れ、ミラを取り込む。

返す刀で切り上げ――瞬間、マルコヴィチの右腕が空を飛んだ。

「なっ――」

驚愕《きょうがく》するマルコヴィチ、更に返す刀で首を飛ばした。

リーダーがやられたのを見て、部下たちが蜘蛛《くも》の子を散らすかのように逃げ出した。

「おおお！」

「あのマルコヴィチを」

「すげえ！」

住民から歓声が上がった。

わらわらとおれのところに集まってきて、おれの強さを称賛《しょうさん》する。

それを聞いてる気分じゃなかった。

ビースクの時に続き、これで二度目だ。

「リーシャ、ついてこい」

「はい！」

「ミラはしばらくこのままだ」

(わかりました)

奴隷の二人を引き連れ、おれは町を飛び出した。

逃げていくマルコヴィチの部下を追いかけていく。

目指すはマラートのいる場所。

二度もヤツの部下を斬《き》った以上。こっちから乗り込んで話をつけなきゃそのうち犠牲者が出る、そんな気がしたからだ。

第24話　さかなとつりざお

逃げていく男たちを追いかけた。

目で見て確認できる程度の距離を保ちつつ、そのあとを追いかけた。

マラートの居場所がわからないから、逃げる連中に案内してもらおうって考えだ。

「はあ……はあ……」

途中でリーシャの息が上がった。足元がふらついて速度が落ちる。

「交代だ」

そう言って、エターナルスレイブ改にリーシャを入れて、ミラを出した。

ミラを連れてあとを追った。しばらくするとミラも息が上がってきたから、剣の中で休んで回復したリーシャと入れ替えた。

それを繰り返してあとを追った。

(ありがとうございます、ご主人様)

「ご迷惑かけてごめんなさい」

――魔力が３０００チャージされました。

――魔力が５０００チャージされました。


「気にするな」

魔力をチャージしつつ追いかけ続けた。

すると、目的の場所にたどりついたようだ。

町らしきところにやってきて、マルコヴィチの部下がそこに駆け込んだ。

町自体は特に目立った特徴はないが、真ん中にある屋敷は町の外からでも確認できるほどでっかいものだった。

というか。

「……金色？」

「金色ですねご主人様」

（……趣味、悪いです）

リーシャにもミラにも大不評な、金色のでっかい建物。

あそこにマラートがいるのか？

そう思って町に近づいていくと、中からぞろぞろと武装した兵士が出てきた。

「行くぞ」

「はい！」（はい！）

エターナルスレイブ改を強く握り締めて、敵兵に真っ向から突っ込んでいった。

向こうは問答無用で攻撃してきた。

長い槍《やり》を持った敵兵が隊列を揃《そろ》えて、槍衾《やりぶすま》を作ってきた。

その状態のまま接近し——一気に突いてきた。

「ふっ！」

炎の剣で槍の先端をまとめてなぎ払った。返す刀で敵兵の一人を斬《き》り伏せると、次の槍が迫ってきた。

とっさに刀身で受け止めた、足が止まったところに、町の中から矢が雨のように飛んできた。

魔力を注ぎ、火力を上げて槍の切っ先と矢をまとめて焼き払って、いったん飛び下がる。

相手の数を数えた、外に出ていて槍を構える連中だけでもざっと三〇〇は下らない。矢を射かけてくる連中も入れると更に膨《ふく》らみ上がる。

「数が多いな」

（どうしますかご主人様）

「やるだけだ。ミラはおれのそばから離れるなよ。途中で入れ替えもあるからな」

「はい！」

頷《うなず》くミラを引き連れて戦闘を再開した。

槍衾の威力はもう体験した。そこそこ手ごわいが、知ってればどうということはない。

魔力を惜しげもなく込めて、炎の刀身の火力を上げる。

ミラを引き連れて、一点突破を計った。

槍と矢を払って、目の前に立った敵兵を容赦《ようしゃ》なく切り捨てていく。

斬って、どかして、前に進む。

「な、なんだこいつは」

「あんな武器見たことないぞ」

「ひぃいいい」

ある程度斬っていくと敵兵の戦意が落ち始めて、迫ると腰砕けになったり逃げ出したりするのもいた。

そうして道を切り開き、町の中に入った。

中に入ってしまうと圧力が更に減った。

「ご、ご主人様。ごめんなさい」

ミラが疲れたようだから、リーシャと入れ替えて更に進む。

金色に輝く巨大な建物に向かって突き進む。

「ぬうううん！」

ふと、横合いからプレッシャーが迫ってきた。

空気を引き裂いて飛んでくる何かを水の刀身で受け止める。

「ぐっ！」

とてつもないパワーだった。受け止めたので無傷だが、衝撃で体ごとすっ飛ばされる。

「ご主人様」

駆け寄ってくるリーシャ。

着地して、攻撃が飛んできた方向を見た。

そこに、馬に乗った大男がいた。

サイズは規格外の一言だった。

乗っている二足歩行の馬よりも一回り大きな巨体で、右手に幅の広い刀身の刀――青竜刀《せいりゆうとう》のような大きな刀を持っている。

そいつは凶悪な笑みを口に浮かべながら、おれに向かってきた。

「お前は？」

おれは冷静に聞き返す。

「おれ様を知らんとは、どこのモグリだ？」

「まさか」

「そうだ、このおれ様がマラート様だ」

「お前が……マラートか」

「様をつけろ！」

水平に斬撃《ざんげき》が飛んできた。

耳が痛くなるほどの風切り音が唸《うな》りをあげる。

「――ふん！」

魔力を多めに込めて、水の刀身で打ち合う。

パァン！　衝撃音が辺り一帯に響く。

「ぬうう！」

「……ふぅ」

おれは一歩下がって、息を吐いた。

一方のマラートは乗ってる馬がよろめき、数歩下がったあと崩れ落ちた。

マラートは馬が倒れる前に飛んで、自分の足で地面に立った。

ヤツの顔色が変わった。

「なんだ、お前は」

警戒の色が濃くなった。

その間に兵士たちが追いついてきて、まわりを取り囲んだ。

しかし兵士たちはマラート以上に驚いていた。

「マラート様が押されてる……？」

「ぬうううん！」

青竜刀が唸った、発言した兵士が縦から真っ二つにされた。

「だあああれがあぁ、押されてるって？」

マラートは部下の兵士を恫喝《どうかつ》した。

「お前、名前は」

「アキト」

「話は聞いてる。ビースク、それにマガタンの二つの町がほしいみたいだな」

「別に町がほしいってわけじゃない」

「なんだと？」

「お前に虐《しいた》げられてるのが気にくわないだけだ」

「虐げる？　おいおいそれは見当違いだ」

マラートは冷笑した。

「おれ様は、この力でそいつらを守ってきたんだ。守った結果に対して報酬をもらってるだけだ」

「その報酬が法外だ」

「あれでも足りないくらいだぜ？　なんたってこのおれ様が直々《じきじき》に守ってやってるんだからな。もっともらってもおかしくないくらいだ」

「それでマガタンが破綻《はたん》しかけたぞ」

「知らんなあそんなことは。何もしないで運んできたエサをむさぼる怠《なま》け者が悪い」

「……ゲスが」

エターナルスレイブ改を握り締めて再び飛びかかっていく。

魔力を込めて斬りかかる、水の剣はマラートを徐々に押していった。

力で押されたマラートは精神面で攻撃をしかけてくる。

「ゲスなのは連中だ」

「なに？」

「連中は怠け者の寄生虫だ。運んできたエサをむさぼるだけで、自分からは何もしない。お前が単身でここにいるのが何よりの証拠じゃあないのか？」

「……」

「お前が何を思ってここに来てるのかは知らんが、連中はエサさえもらえれば相手はだれだっていいんだよ」

「そ――」

「そんなことないです！」

ぱあ、と光って、ミラがエターナルスレイブ改から飛び出してきた。

いきなり剣から女が飛び出してきてマラートは驚愕《きょうがく》する。

その間、ミラがまくし立てる。

「ご主人様がしてることはそっちとは違います。全然、ぜんっぜーん、違います！」

「はい、その通りです」

リーシャもそれに同調した。

「ご主人様はエサを与えるだけではありません。確かに当面の食料援助をしました、しかし同時にその先のことも考えてます。魚を与えるだけなのがご主人様じゃありません、魚を与えたあと、釣り竿《ざお》も一緒に与えるのがご主人様です」

「そうだそうだ。釣り竿もいっぱい置いてきたもん」

リーシャとミラ、二人は入れ替わり立ち替わりおれのことを擁護《ようご》した。

「はっ、とんだ無駄な努力だなああ。あの連中が――」

「マラート様！」

兵士の一人が話に割り込む。

マラートの前に飛び込んできたが、激高したマラートに蹴っ飛ばされた。

蹴っ飛ばしたあとに、マラートが聞く。

「なんだ！」

「て、敵襲です！」

「敵襲だああ？」

「はい！　東と南の二方向から武器を持った敵が迫ってきて、町の外で交戦中です！」

「どこの奴らだ！」

「ビ、ビースクとマガタンの連中です」

「なにいいいい！」

顔を真っ赤にして、青筋を浮かべて激怒するマラート。

鬼のような形相《ぎょうそう》でおれを睨《にら》んだ。

「てめえ……」

「一つ教えてやる」

マラートに比べて、おれはかなり冷静だった。

「武器は作り方だけ教えた、おれがここに来る前、マガタンの武器はまだ未完成だった」

魔法陣のままだったはずだ。

「それを完成させて、手にして、立ち上がってきた。それでもまだ寄生虫か?」

「ばかな！　そんなばかな！　連中にそんな根性があるわけが！」

「しかし現に来てる」

「――っ！」

マラートは激怒し、青竜刀を大上段から振ってきた。

とっさに飛び下がる。青竜刀が地面に当たってクレーターを生み出す。

リーシャをエターナルスレイブ改に取り込んで、マラートに立ち向かう。

「底が見えたぞ、マラート」

「ほざけえええ！」

更に大上段から振り下ろされる青竜刀、さっきの一撃に勝るとも劣らない威力。

「ふっ！」

炎の刀身《リーシャ》で払った。燃え盛る刀身と打ち合って、青竜刀はバターのように溶けて、真っ二つに折れた。

「なっ――」

驚愕するマラートに、おれはさらに迫る。

「終わりだ」

「うおおおお！」

最後のあがきをするマラートの脳天にエターナルスレイブ改を振り下ろした。

真っ二つに裂かれ、崩れ落ちるマラート。

それを目にしたヤツの部下が蜘蛛《くも》の子を散らすかのごとく逃げ出した。

なだれ込んできたビースクとマガタンの町の住民を前にして、マラートの兵は総崩れとなった。

第25話　住民の数

マラートの本拠だった、リベックという名の町。

長らくマラートの武力によって支配されてきたが、それが今終焉《しゅうえん》を迎えようとしている。

「アキトさん！」

おれの名を呼ぶのはゲラシムだった。

彼は、マガタンの住民を引き連れ、武装した姿で登場した。

「ゲラシム。お前も来てたのか」

「はい！」

「じゃああっちはアガフォンが？」

「そうです。それにアキト……アキトさんのところの人も応援に駆けつけてくれてます」

「え？　あそこからも来たのか」

「はい、どうやらアキトさんを探してビースクに向かったらしいです。それで一緒に」

「そうなのか」

ビックリした。

リベックのあっちこっちから戦闘の音が聞こえてくる。

ビースク、マガタン、……それとアキト（仮）。

三つの町からの襲撃、そして頭《かしら》であるマラートを失ったことで、リベックは大混乱に陥《おちい》っていた。

マラートの死が広まって、その手下が完全降伏するまでさほどの時間はかからなかった。

☆

一夜明けて、マラートの屋敷。

金ぴかに光る屋敷の中にある一番立派な部屋、その中におれたちは集まった。

おれ、マドウェイ、アガフォン、ゲラシム。

三つの町の代表格の人間がここに顔を揃《そろ》えていた。

最初にマドウェイが口を開く。

「マラートとやらの部下は全員投降してきた。どうやらそいつはかなり力任《ちからまか》せに部下を従えてたみたいで、そいつが死んだのを知って半分がほっとして、もう半分が『だったらおれたちじゃどうしようもない』って言ってた」

次にアガフォンが言ってきた。

「この町・リベックの住民はアキトさんに感謝してる。マラートはこの町でも同じようなことをしてたらしく、みんながその暴虐《ぼうぎゃく》に耐えかねてたらしい。町長はあとでお礼をしたいと言ってきてる」

最後にゲラシムが言った。

「ただ、この先どうするのか、という懸念《けねん》を抱《かか》えているみたいです。町そのものはイリヤの泉があるからモンスターに襲われることはあまりないけど、ずっと町にこもっているわけにもいかないですしね」

「そりゃそうだ」

「狩りとかもしなきゃな」

「誰かマラートの代わりになる人がいればいいのですけど」

三人は口々にそう言って、チラチラとおれを見た。

つまり……おれにマラートのようなことをやれってのか。

「……巡回して警護すればいいのか？」

ちょうどシルバーカードになった時に見つけたものもあって、それを作れば警護の巡回くらいはいいかなと思った。

が、返ってきた答えは予想の斜め上だった。

「四つの町を治めてくれないか」

どうやら、おれの統治を求めているみたいだった。

☆

黄金屋敷の中、おれは別の部屋でひと休みしていた。

そばにリーシャとミラ、奴隷の二人を侍《はべ》らしてくつろぐ。

その二人に現状を、世間話を装って伝えた。

「ご主人様はどうなさるおつもりですか？」

「受けるつもり」

おれはあっさり答えた。

「もともと、いずれは町を広げて最終的に国を作るつもりだったろ？」

言うと、同じ女神のところにいたリーシャが頷《うなず》いた。

「はい」

「だったら受けるしかないだろ」

「はい、そうですね！」

「じゃあご主人様、えっと……何になるんですか？」

ミラが小首をちょこんと傾《かし》げた。

「もう王様を名乗っていいと思います！」

「さすがにまだだろ。四つの町の人口を合わせて千人いくかいかないかくらいだぞ。それで国として王って名乗るのはなあ。せめて一万はほしい」

「そうですか」

「じゃあ早く一万にしましょう！」

「そのうちな」

そう答えて、改めて二人を見た。

金髪に尖《とが》った耳のエルフっぽい種族。エターナルスレイブ、おれの奴隷。

おれは二人をねぎらった。

「二人とも、昨日はよくやってくれた」

「もったいないお言葉」

「ご主人様の奴隷ですから、当たり前のことをしただけです」

「そうか。だったらこれからもその当たり前のことを続けてくれ」

「はい！」

「わかりました」

満面に笑みを浮かべる二人。


——魔力が５０００チャージされました。

——魔力が５０００チャージされました。


おれのためにずっと働け。そんな言葉なのに、二人合わせて1万も魔力がチャージされたのだった。

☆

四つの町をおれが統治するという話はあっという間に進んだ。

そのうちの三つの町はおれがいろいろ作ったり、直したりしたから、文句を言う者はいなかった。

このリベックも、マラートを倒した人間が統治者になるってことで、よくも悪くも受け入れるってことになったようだ。

こうして、おれは四つの町を統《す》べることになったが。

「急ですけど、もう一つ村を加えることってできませんか?」

ゲラシムがやってきて、おれに言った。

「もう一つ」

「そうです。このリベックの南東にある小さな村で、住民は二〇人。イリヤの泉もなくて自衛の手段もありませんから、こっちの庇護《ひご》を求めてきてます」

「なるほど」

おれはすこし考えて、頷いた。

この際だ。二〇人増えたところで一緒だろ。

「わかりました」

頷くゲラシム。

おれは考えた。

二〇人くらいっていうと、最初にたどりついたあの場所、マドウェイの家を中心に作りあげたあの町と同じ感じかなと思った。

なら、やることはいろいろ似てくる。

衣食住、全部を最低限整えて、その上で自活できるように道具も与える。

やることは一緒。

せっかくこっちの傘下《さんか》に入るからには、いろいろと環境を整備しなきゃと思った。

「そこの代表が今来てるんですが、アキトさん会いますか？」

「会おう」

おれは立ち上がって、ゲラシムと一緒に部屋を出た。

「で、そいつはどんなヤツなんだ？」

「若い男です。結構顔が良くて、女性にもてそうな感じがします」

「イケメンか」

「ただ、表情がちょっと……頼みごとをしてきたのに、どことなく高圧的で」

「へえ」

なんか似たようなヤツを知ってるな。

「そうだ、奴隷を一人連れてます。アキトさんが連れてるのと同じ、エターナルスレイブを」

「……へえ」

心当たりが一人しかいないぞ。

まさかと思いながらゲラシムについていく。

応接間にやってきて、中に入る。

すると。

「聖夜《せいや》……」

「お前は――っ」

座っていたが、おれを見てパッと立ち上がる聖夜。

おれと同時期に異世界に召喚され、同じように女神からエターナルスレイブを一人と、ものを作る能力をもらった男。

しかしものを作るために必要な魔力をチャージする方法が決定的に違って、多分苦戦してるっておれは思ってる。

「なんでお前がここに！」

「それはこっちの台詞《せりふ》だ。聖夜なのか？　こっちの傘下に入りたいって言ってきたのは」

「お前の？　おいまさか」

聖夜は驚愕《きょうがく》して、ゲラシムを見た。

「そうですよ。アキトさんはぼくらの盟主《めいしゅ》。これから四つの町の長《おさ》になる人です」

「お前、何をした」

「別に何も」

説明するのが面倒臭《くさ》かったから、本題に入った。

「どうするんだ、聖夜はこっちにつくのか？」

「だれがお前の下につくか！」

予想通りだった。

前回会ったときから、聖夜はおれのことを敵視しはじめてる。

いやもとからおれのことを見下していた。

どっちにしろ、おれの下につくような男じゃない。

「いいのですか？　あなたのところは――」

「うるさい！　そんなのお前には関係ない！」

聖夜はゲラシムに怒鳴った。ゲラシムは眉《まゆ》をひそめた。

「ちっ！　こんなところにいられるか。帰るぞ間抜け！」

聖夜はそう言って、自分の奴隷を蹴っ飛ばして、一人でさっさと部屋から出ていってしまった。

蹴っ飛ばされて頭をぶつけた奴隷はのそのそと立ち上がって、聖夜のあとを追った。

「アキトさん、あれって……？」

「ちょっといろいろあってな。まあ気にするな」

「はい……でも」

「でも？」

「あんな人の下だと、向こうの村の二〇人の住民たちがかわいそうです」

「……」

おれは答えなかった。言葉が見つからなかった。

二〇人の住民か……。

「そういえば、こっちの住民はどれくらいになるんだ？」

「えっと、今日の時点で一〇三七人です。ほとんどがこのリベックの住民で、アキトさんのところの新しい町が一番少ないです」

「そうか」

一〇三七人か。

こっちでも、だいぶ差がついてしまったな。

第26話　領主様

リベックの黄金屋敷。

会議室のような部屋に、マドウェイ、アガフォン、ゲラシムの三人が集まっていた。

その三人におれを加えた四人で、円卓を囲んで座っている。

四人に、リーシャとミラが羊皮紙を配って回る。

びっしり文字が書き込まれた羊皮紙を手にすると、三人はほとんど見もしないでサインをした。

「おいおい、契約書なんだぞ。内容は見なくていいのか」

「アキトさんが作ったものなんだ」

この中でおれと一番つきあいが長いマドウェイが答えた。

「だったら問題ない」

何がだったらなのかと突っ込もうとしたけど、アガフォンもゲラシムも同じように言ってきた。

「おれも同じ意見だ、アキトさんがおれたちを騙《だま》すつもりならとっくにやってる」

「ですよね。こんなまわりくどいことはしてないはずです」

そう話す二人、腕を組んで目を閉じてうんうんと頷《うなず》くマドウェイ。

ちょっとビックリするくらいの信頼だ。

「さあ、あとはアキトさんだけですよ」

ゲラシムが言って、他の二人もおれを見つめた。

おれにもサインしろ、ってことだ。

手元の羊皮紙を見て、そこにサインをする。

DORECA《ドレカ》で作った羊皮紙が同時に光った。

これで契約完了。おれを領主にした、四つの町の共同体ができあがった瞬間だ。

☆

黄金屋敷を出て、それを見上げた。

おれの横にリーシャがやってきた。

「ご主人様、確認してきました。中にはもう誰もいません」

「そうか」

「全員外に出ろなんて、何かを始めるんですか」

「ああ。メニューオープン」

ＤＯＲＥＣＡを持って、目の前にメニューを出した。

作成リストの中にある、シルバーカードになって増えたヤツを選ぶ。

――解体。

それを選んで、目の前の黄金屋敷を選ぶ。

「おいおい、魔力を50万も使うのかよ」

思わず声が出た、ちょっと呆《あき》れてしまった。

解体というのは文字通りものを壊す魔法だ。

基本的に建造物とか道具とか、そういうものは大抵壊せるけど、壊すためには相応の魔力が必要になる。

それをマラートの黄金屋敷にかけようとしたら、消費魔力50万というふざけた数字が出た。

「ご主人様、この建物を直すんですか？」

リーシャが聞いてきた。解体を使うのは初めてだから理解してないのだ。

「いや逆だ、これを今から壊すんだ」

「壊すんですか？」

「ああ、壊す。こんなものがここにあったら、町の人々もいい気分がしないだろう」

この黄金屋敷はマラートの支配の象徴だ。話を聞いた限り、リベックからもビースクからも、「守《も》り料」をかなり搾《しぼ》り取って、この黄金屋敷を作ったらしい。

つまり圧政の象徴だ。

「わかりました」

頷くリーシャ。

そこにミラがやってきた。

ミラは満面に笑みを浮かべていた。

「どうしたミラ、いいことでもあったのか？」

「はい！　見てくださいご主人様」

ミラはおれとリーシャにあるものを見せてきた。

「なんだそれは」

「弓の飾りです」

ミラは笑顔のまま言う。

「ちょっと行ったところの店にあったんですけど、いいなって言ったら譲ってくれました。リーシャさんのももらってきました」

そう言って、同じものをリーシャに差し出す。

「そうだ、その人、ご主人様によろしくって言ってました」

「それは……」

あんまり良くないな、っておれは思った。

「どうしたんですかご主人様」

ミラは理解してないみたいだ。

リーシャはわかったみたいだ。先輩奴隷は眉《まゆ》をひそめて後輩を見る。

「ミラ、あなた何をやったのかわかってないの？」

「え？　わ、わたしなにかまずいことした？」

「あなた……それはご主人様の威光《いこう》を笠《かさ》に着て、ものを強請《ゆす》ったのと同じよ。この街の人はミラがご主人様のモノだってわかってる、そして今、ご主人様の言うことに逆らえないわ」

「あっ――」

ミラの顔が青ざめていく。

「ご、ごめんなさい！　すぐに返してきます！」

ミラはパッと駆け出していき、ぱっと戻ってきた。

「ごめんなさいご主人様！　わたし、そうなってしまうって気づかなくて」

「まあ、返したのなら――」

「ミラ、わたしたちはご主人様の奴隷なのよ。奴隷がご主人様に迷惑をかけたり、ご主人様の名を汚《けが》すようなこと……あっていいと思ってる？」

リーシャの言葉にミラはますます青ざめた。しまいにはがくがく震えだした。

まるで、明日にも世界の終わりを迎えてしまうかってくらい怯《おび》えだした。

「ご、ごめんなさいご主人様！　わたし悪気はなかったんです」

ま、ミラのことだし、純粋にいいなと言っただけだろうな。それを向こうがこのタイミングだから勝手に気を回しただけの話だ。

それだけの話だろうから、おれは別に気にしなかった。ちゃんとものも返してきたしな。

「べつにいいよ」

「……」

なぜかミラは泣き出しそうな顔をした。

許したはずなのに、なんだその顔だ。

「ご主人様」

リーシャが横から口を出してきた。

「お手を煩《わずら》わせてすみません。しかしこれほど大きなミスを犯した奴隷ですから、ご主人様から罰をいただけませんか」

罰をいただく。結構すごい言葉だ。

しかしそれをリーシャが言った瞬間、ミラはこくこくこくと大きく頷いた。

お願いしますご主人様、って絶叫が聞こえてくるような反応だ。

これは——なにかした方がいいのか？

でもなあ、奴隷は愛《め》でるのがおれのポリシーだし、痛くするのはいやだな。

「……じゃあその首輪をはずして」

「え？　は、はい」

ミラは首輪をはずした。

リーシャと同じ、宝石がついた首輪だ。たしかこれをあげたときはかなり喜んでたっけ。

「今のミラはこれにふさわしくないから、没収する」

と、あえてキツい台詞《せりふ》を言った。

まあ罰だし、多少キツいくらいの方がいいだろう。

首輪は……まあほとぼりが冷めたら返してやろう。

そう思って、改めて黄金屋敷を解体しようと向き直ったのだが。


——魔力が３０００チャージされました。


「はっ？」

唐突な魔力チャージに動きが止まった。

奴隷が喜ぶたびに大量に魔力がＤＯＲＥＣＡにチャージされる。

聖夜《せいや》のこともあって、３０００というのは間違いなく「喜んでる」からチャージされる量だ。

リーシャとミラを見た。

もしかして、と思った。

リーシャを見つめて、言った。

「リーシャ、お前も首輪をはずせ」

「えっ？」

「連帯責任だ。後輩が奴隷としてなってないのはお前にも責任がある。罰としてしばらく首輪を没収する」

「はい……」

リーシャは首輪をはずして、おれに差し出した。


――魔力が6000チャージされました。


ミラ以上に魔力がチャージされた。

どうやら、「失敗したから罰を」というのに喜びを感じてるみたいだ。

二人の顔からうっすらとそれを感じる。

エターナルスレイブ、永遠の奴隷。

多分、そういうのが「いい」んだな。

これはこれでおれにも「いい」けど、やり過ぎてわざと失敗されるようにならないように気をつけないとな。

そんなことを思いながら、黄金屋敷に解体の魔法陣をかけた。

黄金屋敷が魔力に包まれて、徐々に解体されていく。

それを見た町の人々が集まってきた。

マラートの暴虐《ぼうぎゃく》の象徴だったそれの解体を、全員が感動して見つめてる。

やがて、黄金屋敷がなくなって、まっさらな更地になると。

町の人々が一斉にその場で跪《ひざまず》き、おれに頭を下げた。

「ありがとうございます、アキト様！」

誰かがそう言ったのを皮切りに、全員が「アキト様」を連呼しだした。

ちょっとだけ、領主になった気分になってきた。

巻末書き下ろし　恥ずかしくないから！

この日も朝からもの作りをしていた。

異世界に転移した直後にもらった力、奴隷の笑顔で魔力をチャージして、その魔力でものを作れる力。

作れるものは多岐にわたる。

その力で町を一から作ったり、元からある町を再生したりして。

おれは四つの町を支配下に置く領主になっていた。

その町の一つ、リベックでなんとなく散歩していた。

歩いてると徐々に人が増えてきて、騒がしくなった。

近くにいた男をつかまえて、聞いた。

「ここはなんだ？」

「え？　あっ領主様。ここは市場《いちば》ですよ」

「市場」

「ええ。ここでいろんなものの売買が行われてるんですよ。ここ最近はなかなか商売できなかったんですけど、領主様のおかげでまた普通に商売ができるようになりました」

「そうか、市場か」

男に軽くお礼を言って、市場の中に足を踏み入れる。

市場というが、店舗と呼べる建物は一つもない。

ほとんどが地面に布を敷いてその上に商品を置くだけの露店で、いくつか屋台があるくらいだ。

そこに人々が行き交って、商売をしている。

とはいえ金は使ってない、物々交換で商売が成り立ってる。

それでも市場はそれなりの活気があった。

「おや、領主様じゃないか」

「うん」

ある店の前で、一人のばあさんがおれに話しかけてきた。

足を止めて、店の前に立つ。

「領主様もどうですか」

「どうですかって……下着か、これ」

「ええ」

ばあさんは穏やかに微笑んだ。

「これは、誰が作ってるんだ？」

陳列《ちんれつ》された様々な下着を見る。

中古とかじゃなくてまっさらの新品だ。

「わたしが作りましたよ」

「ばあさんすげえんだぜ」

隣の店の中年男が話に割り込んできた。なぜか得意げな顔だ。

「この道一筋六〇年、下着のマルファさんって呼ばれるほどの人なんだぜ」

「へえ。職人ってわけか」

改めて商品の下着を見た。

手作りだとしたらかなりのクオリティだ。

おれはこういうものを一切作ってない。

衣・食・住。

おれが町作りをするときはこの三つの要素を重要視してて、三つとも最低限のレベルを保証するようにしてる。

最低限の保証はするが、それ以上のことはしない。

家もメシも服も最低限は確保して、それ以上の暮らしをしたかったら自分たちでやれってスタンスだ。

だから、下着は作ってない。

「領主様もどうですかい」

「考えとく」

そんなやりとりをして、露店を離れた。

市場の中を何となく散歩して回る。

様々な商品があって、町は少しずつ賑《にぎ》やかになってるように感じた。

☆

家に戻ってくると、リーシャがおれを出迎えた。

「お帰りなさいませ、ご主人様」

「ただいま。何か変わったことは？」

「町の人からお願いが一つ。狩りの道具を作ってほしいって」

「狩りの？　剣と弓矢でいいのか？」

「はい」

「そうか、じゃあそれをさくっと作ってしまおう」

家の中に入ったばかりだけど、即引き返して外に出た。

D《ド》ORE《レ》CA《カ》を出して、作成リストから剣と弓矢を選んで、魔法陣を作る。

リーシャが倉庫から素材を持ってきた。

一度作ったことのあるものはすぐに作れるように、素材をあらかじめ用意してるのだ。

それをリーシャが山ほど抱《かか》えて――転んでしまった。

ヘッドスライディングのように頭から地面に突っ込んでいって、素材を盛大にぶちまける。

「おいおい、大丈夫か？」

「いたたた、はい、大丈夫です」

「そうか、それなら――」

言いかけて、言葉につまった。

転んだリーシャのドレスの裾《すそ》がめくれ上がっていた。

おれが作ったドレス、その下は何も穿《は》いてなかった。

ぺろん、とめくれた裾の下に白い尻が丸見えだった。

「お、おいリーシャ」

「はい？　どうしたんですかご主人様」

「それ隠せ、早く」

「それ？」

「尻だよ尻！」

「あっ、はい」

リーシャはようやく自分の格好に気づいて、立ち上がって、乱れた格好を直した。

そして何ごともなかったかのようにばらまいた素材を拾い集める。

「いや待て」

「はい？　どうかしましたか？」

「どうかしましたかじゃないだろ。なんで穿いてないんだ」

「履《は》いてない、ですか？」

リーシャはきょとんとなって、足を見た。

「靴じゃねえよ！　なんで下着穿いてないのかって意味だ。見られて恥ずかしくないのか」

「ご主人様にですか？」

「ああそうだ」

実際今見たし。

「恥ずかしくないですけど……」

リーシャは更にキョトンとなった。

「ご主人様ですし」

「……」

いやいやいやいやいや。

あまりにも普通に答えるリーシャ。頭痛がしてきそうだった。

☆

おれはリーシャを連れて、市場にやってきた。

下着のマルファばあさんはまだ店を出してた。

「ばあさん」

「おや領主様。どうなさったんですか」

「悪いが下着が欲しい。こいつ用にだ」

一緒についてきたリーシャをさした。

ちなみにDORECAの中を確認したが、下着はなかった。

シルバーカードでも下着はない。あえて作ろうとしなかったけど、作ろうとしても作れなかったみたいだ。

もっとも、布の服をベースに別の素材を放り込むというアクセルシューターのやり方をすれば下着は作れるかもしれないが、それは時間がかかりすぎて、かつ不確定要素が多すぎる。

そんなことをするくらいならさっさと店で買った方がいい。

「わかりました。その体型なら――これでどうかな」

ばあさんがいろんな下着を出してきた。

「リーシャ、あの辺にいるから終わったら呼んでくれ」

さすがにいたたまれなくて、おれはそこを離れた。

店を離れて、市場の隅っこに避難した。

というか……今更気づいた。

今まで……リーシャはノーパンだったのか！

あの時も……あの時も。

全部全部、ノーパンだったのか！

おれは頭を抱えた。気づいてなかったことにちょっと死にたくなった。

「ご主人様」

リーシャがやってきた。

「おう。終わったのか」

「はい、これでいいですか」

リーシャはいきなり裾を持ち上げた。

白いデルタ。パンティーが丸見えだ。

「どわ！　な、何をするんだ」

「気に入りませんか？　わかりました、交換してきます」

「待て待て」

とっさにリーシャを引き留《と》めた。

引き留めなかったら何度も何度もパンティーを変えて、その度《たび》におれに見せに来るだろう。

だから止めた、ここで止めた方が一番ダメージが少ないと思った。

「それでいい。そのまま穿いてろ」

「いいんですか？」

「ああ、似合ってる。だからそれでいい」

恥ずかしさから逃れたい一心で放った言葉が墓穴だったと気づくのは直後のことだった。

「似合ってる……嬉《うれ》しい」

「うっ」

言葉を失った。

嬉しそうなリーシャ、チャージする魔力。

「なにあれ」

「下着を褒《ほ》めたみたいよ」

「へえ、領主様も男だねえ」

結局、ダメージは大きかった。回避はできなかった。

——魔力が10000チャージされました。

魔力はチャージされたが、素直には喜べなかった。

巻末書き下ろし2　女神の願い《予言》

目の前に映し出されているのは下界の景色。

わたしは送り込んだ二人の男、秋人《あきと》と聖夜《せいや》がやっていることをずっと観察していた。

訳あってわたしは手出しできないけど、万が一の時は新しい転移者——次で一〇人目になる——を用意しなくてはならない。

だから、ずっと観察している。

次の転移者の目処《めど》もついている。ちょっと目つきが悪いのが気になるけれど、適応力が高くて躊躇《ちゅうちょ》しない男だ。

女好きでハーレム願望が密かにあるから、そこをついて説得すればいい。

そう思ってストックしていたけど、もう必要ないのかもしれない。

秋人……この男なら。

黄金で作られた屋敷が解体されていくのを見て、わたしは久しぶりにほっとした。

これまでの失敗したパターンをなぞっていく聖夜のことは放っておいて、秋人の方だけを見た。

奴隷の二人、エターナルスレイブたちが彼のそばに駆け寄った。
二人とも笑顔、幸せそうな笑顔だ。
秋人も笑顔で二人を褒《ほ》める。
すると二人は頬を染めて、まるで恋する乙女のように恥じらった。
わたしが知っている、主と奴隷の関係じゃない。
秋人、予想外のことをいっぱいしでかしてくれた男。
まずDORECA《ドレカ》の使い方からして予想の斜め上。
普通は奴隷を「支配」するもの。今までの転移者はみんなそう。
同時に召喚した男、聖夜がやった「暴力」は正解じゃないけど、間違いでもない。
そうね、一〇〇点満点でいったら七〇点くらい。
奴隷とはそういうもの。
贅沢《ぜいたく》を言えば、肉体じゃなくて精神的に押さえつけて支配するべき。
それが一〇〇点。
……だと、今までは思ってた。
秋人は違った。
最初から奴隷に向かって笑顔でいてほしいと言った。
意味がわからなかった、彼がそう言った瞬間〇点――盛大に失敗するものだと思った。
それでも送り出した。何食わぬ顔で送り出した。

それが、大当たりだった。


『お任《まか》せくださいご主人様』

『待ってよリーシャ、その仕事は私の方が適任だからやらせて』

『わたしがご主人様に任されたのよ』


秋人の命令――仕事を取り合う二人。

それは心の底から「役に立ちたい」って思っての振る舞い。

今までの奴隷たちも同じように仕事を望んだが、それはエターナルスレイブの特性によるもの。


事務的に命令を望み、それをこなす。

それだけだ。

そこに心はない、積極性はない。

秋人たちは違う。

リーシャも、ミラも。

奴隷の二人はものすごく幸せそうな顔をしている。

それが結果を出している。

今までの最高記録は町一つを再生させた程度だ。

七人召喚して、それがハイスコア。

大抵は町一つ作る前にへたってしまうか、町の再生に成功した者も、それで満足して権力者として横暴に振る舞いはじめるか。

そんなのばかり。

秋人は違う。

町を作った、町を救った、町と手を結んだ。

四つの町を実質支配できる立場になっても、権力を振りかざそうとはしない。

それどころか権力の象徴である黄金屋敷を取り壊した。

わざわざ大量の魔力を使って！

わたしはほっとした、スカッとした。

そして、願うようになった。

心から。

そんなもので満足しないで、もっと、もっと上に行って。

ちょっとしたファンの気分かもしれない。

そんな気分のまま秋人たちを見つめる。

働く秋人、笑う奴隷たち。

その関係は本当に素晴らしい。

いつの間にか聖夜のことは見なくなった。

秋人だけを見つめ続けるようになった。

「この人なら……きっと」

思いが胸に満ちる。

世界を再生《手に入れる》することができる人だと、確信に近い思いを抱くようになった。

あとがき

はじめましての方、そして「なずな生きとったんかワレ」な、お久しぶりの方。

どうも、台湾人《たいわん》ライトノベル作家の三木《みき》なずなでございます。

この度《たび》ご縁あって、ダッシュエックス文庫から初の刊行と相成りました――が、実は「ダッシュ」では初ではないのです。実は三年前、スーパーダッシュ文庫でデビューさせていただいたものなんです。

前作『チェリッシュ！　妹が俺を愛しているどころか年上になった』でデビューして三年あまり、業界の大海に飛び出し武者修行の旅をしておりました。

その間、実に六社様！　そして七レーベルでお仕事をさせていただきました！

デビュー間もない新人としては破格の、業界屈指の数字でございます。

その武者修行で積んだ経験を携えて、ダッシュエックス文庫に舞い戻ってきました。

ちなみにデビューのスーパーダッシュ文庫と今回のダッシュエックス文庫も入れれば七社様九レーベルになります。

とんでもない数字ですね、我ながら書いてて「おいおいマジかよ」と思ったくらいです。

それはさておき、古巣はいい！　いいですよ！

懐かしの我が家に帰ってきた、という感動に包まれております。


さて、挨拶《あいさつ》兼自己紹介が済んだところで、作品の話でも。

この作品はとあるコンセプトで作られました。

ずばり『自力で再生した世界でいい思いをする！』というものです。

想像してみてください。

会社を起《た》ち上げて社長になって、綺麗な秘書たちを雇ってそれに囲まれて、商売を成功させて稼いだ金でセレブな生活をする！

よくある話ですよね、そして憧《あこが》れの生活です。

あれの――上位互換です。

異世界に行ってご主人様になって、綺麗な奴隷たちと永遠の契約を結んで彼女たちに囲まれて、作った町で王様に成り上がって、豊かになった国でロイヤルな生活をする。

よくある話――ではないですけど、その分余計に憧れますよね。

この作品はそういう話です。

作品のコンセプトはがっちり決まっていて、最終的に「世界統一する王」になるか「新世界の神」になるのかはまだ決まっておりませんが、ともかく『自力で再生した世界でいい思いをする！』というコンセプトは最後まで堅持したいと考えてます。

サブコンセプトは『ストレスレス』と決めてますので、一度成り上がった座から追われることはありません、ご安心ください。


次に、作者のイチオシポイントを。

見ての通り、この作品の表紙にも描かれた、エルフのようなヒロインが登場しています。

そうです、エルフの「ような」ヒロインです。

あの子はエルフのような見た目でありながらエルフではありません。

「エターナルスレイブ」という種族です。

エターナルスレイブ、直訳すると「永遠の奴隷」。

ご主人様をほしがり、命令されることを喜び、与えられる仕事によって過労で倒れようものならそれは最高の名誉だと考える種族です。

なんだったら自分だけじゃなくて自分の娘もご主人様の奴隷にしてくださいっておねだりする種族です。

なんという健気《けなげ》さ、なんという素晴らしさ。

こんな素晴らしい奴隷がいたら愛《め》でたくなること請け合い！　すくなくとも作者は全力で猫可愛がりします。

この奴隷を愛でることで魔力が得られて、その魔力でありとあらゆるものを作れます。魔力で首輪を生産して奴隷を更に喜ばすもよし、町を作って印税ならぬ税金生活をするもよし。

そうやって奴隷を可愛がり続けて最終的に世界を再生していく、というのがこの作品でございます。

さて、本作はＷＥＢ投稿サイト「小説家になろう」でも連載しております。

連載のスタイルはおおよそ「刊行分＋一巻分」という目安でやらせていただいており、現在は三巻分で国王になってロイヤルムフムフな話をやっております。

三巻分の話をやってるということは――そうです、二巻が出ます！

なので安心してお買い求めください。この巻では打ち切られず先の話が読めます――それも三巻分まで！

自画自賛となってしまいますが、この「刊行分＋一巻分」というのは我ながら素晴らしいシステムと考えております。

皆様にお買い上げいただくことでシリーズの寿命が延びれば、まずＷＥＢの「＋一巻分」が本になって、そこにイラストがつきます。現時点の場合だと三巻ですね。

さらにその「＋一巻分」が本になれば次の「＋一巻分」がＷＥＢに掲載されます――今だと

四巻です。

つまり！　現在刊行を予定してます二巻までを皆様にお買いあげいただければ、その結果で話が四巻分まで延びます！

「＋一巻分」とありますが、サイクルで考えれば皆様がレジに本を持っていかれる行為が「＋二巻分」の話を増やすという結果につながります。

素敵なサイクルだと思います……わりと本気で。

これを実現させるためには、皆様に店頭に並んだ最新刊をお手にとっていただき、またWEBに掲載した「最新刊の一巻先」を楽しんでいただくだけ！

是非是非、よろしくお願いいたします。


最後に謝辞です。

永遠の奴隷――エターナルスレイブがご主人様に可愛がられるすばらしいイラストを描いてくださった植田亮《うえだりよう》様。

ご慧眼《けいがん》でその植田様にオファーをしてくださった担当T様。

武者修行の旅を終えたわたしを温かく「おかえり」と迎え入れてくださったダッシュエックス文庫様。

並びにWEB版、書籍版両方の読者の皆様に厚く御礼申し上げます。

書籍版二巻は現在鋭意作業中で、WEB三巻は掲載をほぼ完了しております。

（まだ一巻のあとがきながら）四巻分をお届けできるよう願いつつ、筆をおかせていただきます。

二〇一六年五月某日　　　　　なずな　拝

・WEB連載は、こちらのアドレスから。

←

この作品の感想をお寄せください。

あて先　〒101-8050　東京都千代田区一ツ橋2-5-10
集英社　ダッシュエックス文庫編集部　気付
三木なずな先生　植田 亮先生

ダッシュエックス文庫

笑顔で魔力チャージ
～無限の魔力で異世界再生

三木なずな

2016年6月29日　第1刷発行

★定価はカバーに表示してあります

発行者　鈴木晴彦
発行所　株式会社　集英社
〒101−8050　東京都千代田区一ツ橋2−5−10
03（3230）6229（編集）
03（3230）6393（販売／書店専用）03（3230）6080（読者係）
印刷所　株式会社美松堂／中央精版印刷株式会社

ISBN978-4-08-631124-3 C0193